문학과지성 시인선 324

호루라기

최영철 시집

문학과지성사

문학과지성사에서 펴낸 최영철의 시집

일광욕하는 가구(2000)

문학과지성 시인선 324

호루라기

초판 1쇄 발행 2006년 10월 2일
초판 3쇄 발행 2009년 4월 13일

지 은 이 최영철
펴 낸 이 홍정선 김수영
펴 낸 곳 ㈜문학과지성사

등록번호 제10-918호(1993. 12. 16)
주   소 121-840 서울 마포구 서교동 395-2
전   화 02)338-7224
팩   스 02)323-4180(편집)   02)338-7221(영업)
전자우편 moonji@moonji.com
홈페이지 www.moonji.com

ⓒ 최영철, 2006. Printed in Seoul, Korea

ISBN 89-320-1731-X

문학과지성 시인선 324

호루라기

최영철

2006

시인의 말

이십 년 넘게 살았던 동네를 뿌리치고 무엇에 이끌리듯이
이곳 수영성 근처로 온 지 꼬박 삼 년째다.
병들고 돈 떨어져 돌아온 지아비를 말없이 받아준
지어미처럼 수영성은 아직 나의 청춘에 대해
별다른 추궁이 없다.
검문도 없고 물증도 없었으나 나는 내친김에 방만했던
한 시절의 죄과를 몽땅 뒤집어쓰고 갈 작정이다.
막차 떨어진 길을 걸어가던 그때처럼 아득하고 막막하게.
그것만이 여전히 희망이다.

2006년 가을
수영성 푸조나무 아래에서
최영철

호루라기

차례

제1부

춘정

풀 뜯고 있는 둔덕 저쪽
나처럼 풀 뜯는 중년 아낙
나도 보고 아낙도 나를 본다
앉은걸음으로 풀 난 자리 따라가다가
서로 가까워지려는 걸음을 딴 데로 돌렸다
등 돌리고 있어도 자꾸 귀가 가렵다
홀아비로 늙고 있는 우리 집 수컷 생각
저 아낙의 토끼가 암컷이면 좋겠다고
뜬금없는 생각을 이어가다가
금방 얼굴이 붉어졌다
끝내 하지 못한 말
둔덕을 내려오며 나 혼자 중얼거렸다
가면서 돌아보니
내 걸음 따라 고개를 들었던 아낙의 얼굴이
깜빡 붉어졌다

마당구치소

마당 한 켠 빨래줄 위에 빨래가 줄을 섰다
피의자 심문을 위해 오늘 아침 바람이 불러낸 것들
혐의사실을 추궁하는 바람의 회초리가
줄지어 선 것들의 종아리를 갈기고 간다
펄럭펄럭 아무 데나 설치고 다닌 것들
꼬시다*
등이 쓰러지고 허리가 꺾이며
두 손으로 싹싹 엄살을 떠는 것들
아무리 타일러도 말귀 못 알아듣고
즉결심판에 불려 나와서야 푹 고개 숙인
바지 잠바 셔츠
꼬시다
다시 지루한 햇볕의 훈계
그러면 되냐고 그러지 말라고
삿대질로 가슴팍 쿡쿡 찌르는
햇볕의 잔소리
됐다 되었다 고만 고오만—
그사이를 참지 못해 비비 몸이 꼬인 녀석들

어젯밤 조서 쓸 때 길길이 날뛰던 놈들
꾸벅꾸벅 졸고 있다
바람이 몇 번 엉덩이를 걷어차자
어깨가 휘청 꺾인다
아프겠다
그중 몇은 세탁기에 처박혀
곤장이 수십 대다
실컷 두들겨 맞고도
밖에만 나오면 맨숭맨숭한 얼굴
도저히 가망이 없다 싶은지
줄줄이 눕혀놓고 방망이질이 한창이다
아프겠다

* 꼬시다: '고소하다'의 경상도 사투리

뒷간이 멀어서 생긴 일

오줌이 강을 이룬 적이 있었다
밥상머리에 곯아떨어지는 아이들을 일으켜
간신히 오줌을 뉘고
다음은 초저녁잠이 많은 노인들
다음은 그 틈에 합궁하고 난 젊은 부부
새벽녘에 일어난 노인들은 넘칠락 말락 출렁이는
요강을 집 앞 개울에 씻었다
얼굴도 씻고 입도 헹궜다
둥근 요강에서 밤새 뒤섞여 짜한 냄새가 나는
할아버지 어머니 손주의 오줌이
새벽 개울물에 소용돌이치며 한 번 더 자리를 바
꾸며
동구 밖 천리를 달려갔다
달리기에 느린 할머니 오줌을 아버지가 들쳐업고
아이들 종종걸음이 놓칠세라 그 뒤를 따랐다
이른 아침 일어나 마당 수돗가에
아직 뜨뜻한 기운 남은 요강을 비우는데
그때 개울가에서처럼 네 식구의 오줌이 마구 소용돌

이친다

　야호 함성을 지르며 하수구로 흘러들어간다

　긴 세월이 흘렀지만 오줌은 그렇게 흘러가야 하는
것이라고

　흘러가서 강이 되고 바다가 되고

　머나먼 육지가 되어야 하는 것이라고

　피붙이 오줌들은 오랜만에 한통속이 되어 짜한 냄새
를 풍긴다

도마 위의 생

콩콩콩 도마 찧는 소리에 깼다
어머니는 학교 늦겠다 재촉하는 대신 내 머리통을
도마로 콩콩콩 찧었다 그러지 않았다면
벌써 나는 꿈의 요정을 따라가고 없었으리라
지금은 어머니 대신 집 앞 도마성당이 콩콩콩 도마를
친다 예수를 의심한 민감한 제자 도마는
다시 살아난 스승의 옆구리에 손을 찔러 넣어보고
예수를 믿었다 몽롱하게 눈을 비비고 있는 내 손을
끌어당겨 어머니는 밤새 찧어놓은 마늘을, 물렁해진
내 머리통을 만져보게 했다 아직 멀었구나
애야, 잠이 덜 깬 머리통을 어머니는 다시 콩콩콩
찧었다 마늘에서 흘러내린 진액으로 범벅이 된
내 머리통이 소주잔에 한 홉이었다 그것을 마시고
깨어난 나와 예수를 만지고 살아난 도마와
도마를 콩콩콩 찧으며 부활한 예수가 맵고 후끈해
졌다
도마를 훌쩍 뛰어넘어 사마리아 땅 끝까지 걸어간
혼곤한 꿈이 도마에 머리를 쥐어박고 있다 어머니는

콩콩콩 도마를 찧고 도마성당의 찬송은
무수한 칼집을 내며 아침을 난도질한다 도마성당이
찧어놓은 마늘이, 한 홉 소주잔에서 넘쳐흐른 머리
통이
무수한 칼집을 내며 도마 위에 흥건하다

새앙쥐 불러내기

새앙쥐 한 마리 집 안으로 들어왔다
요리조리 나갈 구멍 찾다
나와 눈이 딱 마주쳤다
어디로 들어왔니?
말 걸기 무섭게
장롱 뒤로 숨었다
문이란 문 있는 대로 다 열어놓고
쥐야 쥐야 새앙쥐야
어서어서 나오너라
캄캄한 거기 말고
먹을 것도 없는 거기 말고
새야 새야 새앙쥐야
어서어서 나오너라
빠끔히 내다보는 새앙쥐
아가들 눈은 다 이쁘다
이쁜 놈 이쁜 놈
어서 이리 나와
니 놀던 데로 가거라

식구들 기다리는 데로 가거라
긴가민가 꿈인가 생신가
가만히 내다보는 새앙쥐
이쁜 놈 이쁜 놈 요 이쁜 놈
살금살금 기어나와
쏜살같이 내 앞을 가로질러 간다
방문을 나서기 전
나를 한 번 돌아보고 간다

소문대합실

막차 떠나기 전의 역사처럼 소문이 무성한 곳도 없다
누가 볼까 봐 슬쩍 흘리고 간 것
열차 시간에 쫓겨 서둘러 쥐어주고 간 소문들이
대합실 안을 둥둥 떠다니고 있다
물밀듯 달려드는 소문의 진상을 휘저으며
가는 사람, 오는 사람
그것에 익사해 죽은 듯이 곯아떨어진 사람
마구 떠다니는 소문 몇 개를 주워
뒷춤에 감춘 사람
소문들은 제멋대로 떠다니다가
잘 익은 약속이 되어
열매를 맺을 때도 있다
용케 해후한 두서넛 군상들이 그걸 따서
종종걸음으로 사라질 때도 있다
막차 떠나고 걸레 매단 미니카가
바닥에 내려앉은 소문의 등을 떠밀고 간다
순한 먼지처럼 부서져 잘 따라나서는 것도 있고
저희들끼리 엉겨붙어 죽어라 버티는 것도 있다

그중 몇은 소문의 날개를 달고
막차 간 길을 따라
종종종 달려나가는 것도 있다

호루라기

아이들 뜀박질이 앞장서고 우렁찬 구령이 뒤따르고
호룩호룩 추임새에 펑펑 터지던 환호성들
호루라기 이제 싱그러운 가슴팍이 아니라
늙고 병든 저 할머니 머리맡에 걸려 있네
좋은 시절 다 보낸 빈털터리
할아버지 발치에 놓여 있네
호루라기 소리 나면 자다가도 벌떡 일어난 때 있었지
얼굴 닦는 둥 마는 둥 밥숟갈 어서 놓고
이빨 닦는 둥 마는 둥 한달음에 달려나간 때 있었지
시퍼런 청춘을 목에 걸고 힘차게 불어제끼면
먼 산이 일렬횡대로 뛰어오고
졸고 있던 새들이 푸드득 날아올랐지
이제 호루라기 달려나가기 위해 있는 게 아니라
느릿느릿 해 기우는 저녁으로 가기 위해 있네
가장 첫자리 새벽녘을 울리는
말발굽 소리로 오는 게 아니라
엉금엉금 기어가는 해소 천식으로 일어나기 위해
있네

게으름 피우고 늘어졌던 것들
일제히 불러일으키며 오는 게 아니라
뒷전으로 아래로 슬슬 몸을 빼기 위해 있네
호루라기 이제 설레는 아이들의 가슴에 있지 않고
무허가 냉방 빗물 떨어지는 비닐 하꼬방에 있네
자식 가고 영감 할멈 먼저 가고 덩그러니 남은
한많은 세월의 대못 자리 위
사지를 늘어뜨리고 있네

다른 구멍에 넣다

현금 인출기에 카드를 밀어넣는데
구멍이 카드를 밀어낸다
자꾸 넣어도 자꾸 밀어낸다
구멍이 자기를 밀어낸다는 걸 알았는지
구멍이 밀어내기도 전에 카드가 먼저 비집고 나온다

몇 번을 그러고 있는데 뒤에 줄 선 아주머니
내 어깨 툭툭 친다

아차

누가 이 많은 구멍을 만들었을까
현금카드를 넣는다는 게 전화카드를 넣어버렸다
아주머니가 웃고 나는 얼굴이 빨개졌다

밥

압력솥에 안친 쌀알들 뜨거워 못 견디겠다고
와글와글 바글바글 시끄럽네 뜨거운 욕조
첨벙 몸 담근 아이들 몸 배배 꼬며 투덜대네
이러다가 다 익겠네 다 익겠어
와글와글 빠글빠글 아 정말 장난이 아니야
물고문 전기고문, 내 허벅지가 벌써 물컹하잖아
단단하고 매끈한 뼈들 벌써 다 녹고 있잖아
이리 와 이리 와 그러지 말고 같이 붙자
네 몸에 진득한 촉수가 돋았네
이러니까 훨씬 몸 붙이기 좋네
점점 냄새가 좋아지네 눈처럼 하얗게
모락모락 머리 위로 피어오르는 더운 김
이제 문 열고 나가자
우리 들끓는 몸으로 텅 빈 저 아이 속
칼바람 씽씽 들어오는 모서리마다 으깨 붙이자
저 아이 속 이제 좀 뜨뜻해졌나 봐
스르르 눈감는 저녁
봐, 벌써 물컹하잖아

선운사 가는 길

고창에서 선운사까지 두 명 타고 온 버스
두 남녀는 멀찍이 떨어져 창밖만 보았다
버스가 山門에 당도하자
앳된 소녀는 절을 등지고
후줄근한 사내는 절을 향해 걸어갔다
뒤를 한 번 돌아볼까 하다가
그 마음이 동해 눈이 딱 마주칠 것만 같아
고개를 숙인 채 종종걸음으로 갔다
동백꽃 피는 봄도 상사화 피는 가을도 아닌
오다 말다 잠시 하늘이 빤한 초여름 장마
대웅전 안이 조금 들여다보이는 마루 끝에 앉았다
동해의 넘실대는 파도에 떠밀려온 사내는
동백꽃도 상사화도 없는 절집 너른 방을
혼자 지키고 있는 홀아비 부처를 바라보았다
꽃 떨어지고 잎 무성한 동백과
꽃 피기 전 잎 잠깐 무성한 상사화 보며
누구나 한 번은 저렇게 푸른 날이 있는 것이라고
머지않아 잎 버리고 꽃도 버려야 할 날이 있을 것이

라고
   길 반대편으로 가버린 앳된 소녀를 생각했다

여섯 시

시침과 분침이
쭈욱 기지개를 펴고 일어나는 시각
하늘과 땅 사이
가장 빠른 고속도로가 뚫리는 시각
그 길 따라
금방 잠 깬 것들이
환호성을 지르며 달려나오는 시각
하늘과 땅의 팔다리가
빳빳하게 일어나는 시각
일어나 중간에서 교접하는 시각
그것을 발판 삼아
둥근 해가 종종종 걸어나온 시각
걸어나와
아직 게으름 피우는 것들의 머리맡에
호된 화살로 가서 꽂힌 시각
오늘은 제발 어제처럼 살지 말라고
이제 막 잠 깬 몽롱한 것들 앞에
꼿꼿한 회초리로 버티고 선 시각

!

오래 견딘 눈물 같은 것이었을까
주르륵 일직선을 그으며 떨어지다가
출렁, 한 방울 이슬로 맺혔다

저렇게 흘러내리다가
일순간 떨어지는 것들의 힘

처박히면서 똘똘 뭉쳐 바닥을 파고들며
작고 둥글고 깊게
정수리 한가운데 못을 박았다

누군가의 문장에 찍힌 너를 보며
오랜만에 가슴이 더워진다

어느 날의 횡재

시장 들어서며 만난 아낙에게 두부 한 모 사고
두부에 잘게잘게 숨어든 콩 한 짐 얻고
주름투성이 꼬부랑 할멈에게 상치 한 다발 사고
푸른 밭뙈기 넘실대며 지나간
해와 바람의 입맞춤 한아름 얻고
시장 돌아나오며 늘어선 아름드리 조선 소나무
어깨 두드려주는 덕담 한마디씩 듣고
자리 못 구해 그 아래 보따리 푼 아지매
시들어가는 호박잎 한 다발 사고
호박이 넝쿨째 넝쿨째 내게로 굴러 들어오고
하루 공친 공사판 박씨 무어라 시부렁대는
낮술 주정 한 사발 얻어걸치고
아줌씨가 받아먹을 잘 달구어진 욕지거리
무단히 길 가던 내가 공으로 받아먹고
성난 볼때기 가만가만 어루만지는 저물녘 해
내 뒷덜미에 와서 편안히 눕고
내일 뜰 해는 저 산동네 입구 강아지 집에 먼저 와
있고

아무렴 그렇게 되로 주고 말로 받고
말로 주고 가마니로 얻고

그 시각

객실 가득 출렁이는 도시의 찬가 따라
열차가 철제 다리를 넘어서는 시각
느려터진 겨울 철새 날갯짓 아래
강물이 추적대며 눈뜨는 시각
오줌 마려워 아랫도리 움켜쥔 아침 해가
객실과 객실 사이를 죽어라 뛰어다니는 시각
쏜살같이 지나가는 철로에 오줌발 튕기고
간밤의 짧은 평화가 산산조각 부서져
또 하루가 희미한 쌍무지개로 열리는 시각
몇은 그걸 바라보며 심호흡하고
몇은 맨손체조하며 부음을 받고
몇은 눈부셔 자꾸 눈부셔
또 오줌 마렵기 시작하는 시각
발 아래로 강물이, 강물이 옅은 잠에서 깨어나
이제 막 새로 흘러온 것처럼
윗물이 아랫물을 밀어내는 시각
아랫물이 윗물을 올라타는 시각
앞과 뒤가 빵빵해서 곧 터져버릴 것 같은

무지막지한 개숫물이, 토사물이 흘러드는 시각
긴 밤 내 불 밝히고 기다린 충혈된 눈동자가
상어 아가리 속으로 빨려들어가는 시각
뒤를 훔쳤던 손들이 앞서거니 뒤서거니
먼 산천을 휘돌아온 섬섬옥수처럼
영롱하게 반짝이며 흘러가는 시각

해바라기

응달에 떨어진 해바라기씨
떨어지는 순간
잘못 내려앉았다는 걸 알았으나
이번 생은 이것으로 끝이라는 걸 알았으나

여기 있지 말고 어서 도망가라고 내몬
응달을 딛고 일어나
응달을 무등 태우고 나가
내친김에 담 넘고 지붕 넘어
키가 훌쩍 컸다

철통 같은 그늘을 다 밀어낸 뒤
제자리로 돌아가며
응달이 터뜨려주고 간 꽃

늦봄에 쓰는 편지

지난겨울을 함께 났던 금화조 한 마리가 오늘 저세상으로 갔습니다. 가녀린 주검을 올봄에 심은 매화나무 아래 묻었는데 나무는 꽃 지고도 한참이나 잎 피울 생각도 않고 빈 가지로 서 있었습니다. 금화조의 죽음을 애도하느라, 그 주검을 제 몸속에 끌어안느라 그랬을 테지요. 혼자 남은 금화조 수컷이 매화나무에 돋는 잎 보며 하루 종일 뭐라 뭐라 조잘대고 있는 오월입니다.

어제 부슬부슬 비 오는 날, 며칠 전 제 어미를 따라 내게로 왔던 새끼 고양이 한 마리가 또 저세상으로 갔습니다. 눈도 채 뜨지 못하고 말이지요. 아침, 먹이통에 올라와 죽어 있는 새끼를 보았는데 어미가 그 먹이통에 주둥이를 박고 있는 것이었습니다. 저는 그것이, 새끼가 죽은 줄 모르고 뭘 좀 먹고 기운을 차리라고 재촉하는 어미의 애타는 통곡인 줄 알았습니다. 흔들어도 일어나지 않는 새끼를 핥아주는 어미의 애타는 눈물인 줄 알았습니다. 그런데 그게 아니라, 어미는

죽어 널브러진 새끼 옆에서 와삭와삭 소리 내어 먹이
를 씹어먹고 있었습니다. 참으로 모진 어미였습니다.
그렇지만, 남은 다섯 새끼들이 피가 나도록 젖을 빨아
댈 것이므로 어미는 무엇이든 먹어두어야 했을 것입니
다. 어떻게든 기운을 차려두어야 했을 것입니다. 우리
어머니의 어머니들이 그랬듯이.

뒷산 노송 아래 그 가엾은 새끼의 주검을 묻었습니
다. 어제 저녁 아내가 본 바에 따르면, 다른 형제에
비해 유난히 몸집이 작았던 그 새끼 고양이는 어미 품
을 빠져나와 자꾸 집 밖으로 기어 나오고 있었고, 어
미는 이상하게도 그런 새끼를 내버려두더라는 것입니
다. 어미는 그 쇠약한 새끼가 이제 그만 저세상으로
옮겨가리라는 것을 알고 있었던 것입니다. 눈도 채 뜨
지 못한 그 새끼 고양이는, 죽어도 고양이는 집 안에
서 죽을 수 없다는 것을 알고 있었던 것입니다. 누가
가르쳐준 것도 아닌데 말이지요.

오랫동안 안부를 여쭙지 못한 그대
아직 거기 그대로 잘 계시는지요.

개들

1.5톤 트럭에 실려가는 한 무더기 개
보신원으로 가는 길인지
덜컹대는 짐칸이 만원이다
후미에 처진 잡종개 한 마리
너도 보신원에 가는 길이냐고
뒤따르는 나를 물끄러미 쳐다본다
어떤 놈은 생의 속절없음을 알았는지
멍하니 빈 하늘을 올려다보고 있다
막바지에 처한 자신의 생을 수락이라도 하려는 듯
가만히 고개를 숙인 놈도 있다
그 와중에 짝을 찾았는지
맹렬하게 교미하는 놈도 있다
옆의 개들이 코를 처박고
멀뚱멀뚱 그 사랑을 지켜보고 있다
개들은 이런 때일수록
서로 눈을 마주치지 않아야 한다는 걸 안다
교미하는 개의 표정이
다른 데를 보며 침을 흘리고 있다

트럭이 신나게 달리다가 덜커덩 멈출 때
개의 표정이 딱딱하게 굳는다
꽤 오랜 시간 그러고 있는
개와 나의 눈이 잠깐 마주쳤다
개도 나도 얼른 얼굴을 돌려버렸다

모텔이 많은 우리나라

아빠, 저기 뭐 하는 데야?

엄마들이 아기 젖 주는 데
젖배 곯았던 아저씨들에게 젖 주는 데

근데 왜 저렇게 많아?
여기도 저기도 저어기도

아저씨들이 다 아기인가 보지
아저씨들이 다 젖배를 곯았던가 보지

엄마들은 젖이 그렇게 많아?
여기도 저기도 저어기도 불이 켜져 있잖아

젖 달라고 자꾸 보채니까 그렇지

젖 달라고 보채는 소리는 왜 안 들려?

모텔이 많은 우리나라

불이 하나 둘 꺼지면 들릴 거야
여기도 저기도 저어기도
칭얼대는 소리가 들릴 거야

근데 아빠는 젖 안 먹어도 돼?

밥상이 있는 오후

누가 먼저 먹고 간 식탁에
남은 밥그릇에 남은 국그릇에
시뻘건 피

몇 숟갈 밥알 위로
벌건 양념이
포탄 자국처럼 번쩍
밥알을 씹느라 벌어진 입술이
흘린 피
그 사이 영롱하게 박힌 침

늦은 오후
햇살의 파편이 출렁
물론 그것은 시뻘건 반찬들이 뿌린 양념의 잔해
물론 그것은 양념의 잔해가 아닌
밥 한 상 받기 위해 치르고 온 전투의 잔해

나날의 생이여 어떻게 이렇게

피를 제대로 닦지도 않고 식사를
전우의 시체를 치우지도 않고 진격을

곯아 터진 긴 혓바닥
밥상까지 오느라 널브러지고 토막 나
뒤죽박죽 양념이 묻은 오장육부
젖은 수건이 와서
쓰윽 닦아주고 간 오후

냉동 창고

얼음조끼를 껴입은 생선들이 줄줄이 누워 있다
줄줄이 엎어져 있다
지난겨울 연행되어 사지가 묶인 것들
방탄조끼를 껴입고 면회 갔다
그들의 적의가 얼마나 살얼음 같은지
감옥 안이 다 꽁꽁 얼었다
일찍이 바다 감옥에서
수도 없이 탈옥을 감행하다가
전과에 전과가 쌓여
바다 건너 이 철통 요새 독방으로 이감되었다
차가운 종신감옥에 갇혀서도
호시탐탐 도망갈 방도만 찾고 있는
그들의 눈은 하나같이 시퍼렇다
스르르 적당히 눈감는 놈이 없는지
서로 노려보고 있다

그때

난 왜 그때 그 꽃을 그냥 지나쳤나
내 발길 붙잡으려고
어디론가 바삐 가고 있는 내 발길 돌리려고
제 몸 으스러지도록 향기를 풀풀 날린
그 꽃을 왜 그냥 지나쳤나
난 왜 그때 그 시궁창 그냥 건너왔나
날 빠뜨려주겠다고
내 오물을 제 오물에 씻어주겠다던 손길
왜 모른 체 뿌리쳤나
오물처럼 겁나게 쏟아지던 부귀
내 것 아니라 돌아서고 말았나
내 입에까지 거의 다 들어온 영화
혓바닥 밑에 감추지 못했나 일찌감치
그걸 삼키고 토사곽란을 일으키지 못했나
난 왜 그때 그 꽃을 그냥 지나쳤나
꺾어달라고 꺾어달라고
헌신짝처럼 한 번만 꺾어달라고 매달리던
그 꽃에 찬물 한 사발 뿌려주고 말았나

자동납부 너

자동납부로 내는 월 오천 원 회비가 봄에서 가을까지 세 번이나 나를 빈털터리로 만들었다. 빈손으로 왔으나 빈손으로는 가지 않으려는 나를 탈탈 털어, 5월 24일 지급금액 2,996원 잔액 0, 7월 26일 지급금액 1,122원 잔액 0, 9월 26일 지급금액 4,032원 잔액 0, 연거푸 세 번이나 전 재산을 몰수해갔다. 이래도 정신 못 차리겠냐고 촛대뼈를 까고 뺨을 갈기고 쓰러지는 나의 뒷덜미를 또 한 번 내리쳤다. 휘청거리며 일어나 누가 볼까 돌아서서 통장을 살피는데 그래도 그렇지, 단돈 몇 원까지 깡그리 털어 달아난 자동납부 너 이놈, 눈물이 찔끔 났다. 털레털레 집으로 오며 빌어먹을 자동납부, 남의 약점 죽어라 물고 늘어지는 자동납부 욕을 퍼붓다가, 그게 아니다. 봄 다 가기 전에 가을 성큼 다가오기 전에 먼지 탈탈 털어준, 아직 일면식도 없으나 한 올 남은 터럭까지 깡그리 청소해준, 자동납부 그 녀석이 고맙다. 가득 있는 것보단 하나도 없는 게 낫다고, 아예 없는 것보단 자잘한 빚이나마 달아두는 게 낫다고, 그렇게 한 수 가르쳐주고 간 봄의 미지

급금액 2,004원, 여름의 미지급금액 3,878원, 가을의
미지급금액 968원, 평생을 지급해도 모자라기만 할
내 인생의 부채.

우리 이대로 지지고 볶으며

달엘랑은 가지 말아요…… 화성엘랑은…… 우리 이대로 우리 여기서 같이 종말을 맞아요…… 당신이 짓밟아놓은 내가…… 내가 올라탄 당신이…… 고름 질질 흐르는 걸…… 검은 피 넘치도록 철철 흐르는 걸…… 두고 볼 수 없어요…… 숨넘어가는 몸부림을 멀리 두고 죽을 순 없어요…… 서로…… 눈이라도 감겨주어야지요…… 부스럼딱지…… 천지를 뒤덮는 걸 우리 손잡고 같이 즐겨요…… 같이 들쑤셔요…… 제발…… 나알…… 버리고 당신만 살겠다고…… 화성엘랑…… 달엘랑…… 또 다른 매음굴엘랑 가지 말아요…… 우리 이대로…… 우리 손잡고…… 지지고 볶으며…… 이대로 지랄발광 물어뜯고 할퀴며…… 천년…… 백년…… 십…… 년 같이 살아요

날 이렇게 짓밟고…… 있는대로 있는대로 다 들쑤셔놓고…… 미숙아를…… 기형아를…… 부모…… 이름도 없는 사생아를…… 산더미로 쌓아놓고…… 당신만 살겠다고…… 멀고…… 머…… 언…… 달엘

랑은…… 곱디 고운 화성엘랑은 가…… 지……

말…… 아…… 요

제2부

아버지와 아들

월슨병 앓는 오십대 아버지가 월슨병 앓는 아들의
부탁을 받고
아들을 목 졸라 죽였다

아버지는 결투를 제의한 아들의 검을 받아들고
먼저 아들의 목을 치고
이어 자신의 목을 쳤다

너는 살고
나는 죽고

이것으로 이번 생에서 우리는
비겼다

그 집 앞

집 앞 구멍가게를 지나 신작로 수퍼를 지나 버스 한
정거장 걸어 마트에 간다 마트에 가는 나를 구멍가게
앞 고장난 오락기가 빤히 쳐다본다 수퍼 앞 널브러진
빈 병들이 쳐다본다 먼지를 뒤집어쓴 새우깡 칠성사이
다 옥시크린 같은 것들이 고개를 빼고 쳐다본다 전포
세라고 틀리게 써 붙여놓은 구멍가게와 신문절대사절
이라고 써 붙여놓은 수퍼를 지나간다 마트에 가는 나
를 대낮부터 깡소주를 마시고 있는 구멍가게 영감과
대낮부터 배가 불룩한 임신복의 수퍼 아줌마가 쳐다본
다 우유 큰 거 한 병, 요구르트 세 줄, 열무 한 단, 오
이 두 개, 양념불고기 육백 그램, 식빵 한 줄, 돈 남으
면 먹고 싶은 거 조금, 먹고 싶은 거 조금…… 얼굴
을 돌리고 먼 산을 보며 아내가 일러준 걸 중얼중얼
외우며 간다 먼 산도 나를 빤히 쳐다보고 있어 고개를
수그리고 간다

여름밤

이 여름이 가기 전에 그는 무슨 말인가를 하고 싶었던 거다 무슨 말인가를 묻고 싶었던 거다 철벽 모기장 뚫고 들어와 내 몸에 가시 꽂고 제 몸에 독침 꽂고 쏟아낸 말씀들이 아침 배수구에 흥건하다 어지러운 소문들이 낭자하게 간밤의 꿈을 날렸다 나를 어르고 깨우다가 정녕 그는 이 여름 안에 무슨 말인가를 듣고 싶었던 거다 무슨 말인가를 답하고 싶었던 거다 촘촘한 철벽수비의 모기장 안으로

꿈은
그 모기 떼들은
어떻게 밀고 들어왔을까

하고

　열여덟 엄마가 책가방을 내려놓고 공중화장실에서
너를 낳았다
　열일곱 아빠가 러닝셔츠를 찢어 네 울음보를 틀어막
았다
　열여섯 엄마가 너를 비닐봉지에 담았다
　열일곱 아빠가 네 손과 발을 책가방에 쑤셔넣었다
　열여덟 엄마가 서른아홉 마흔아홉 쉰아홉
　아빠들이 잠들어 있는 아파트 옥상 위로 너를 집어
던졌다
　열일곱 엄마와 열여덟 아빠와 열아홉 엄마가
　재잘재잘 깔깔대며 저 아래 골목길을 지나가고 있다
　핫도그 같은 것을 입에 물고 쭈쭈바 같은 것을 세차
게 빨며
　피가 흘러내린 제 가슴팍을 핥고 있다
　젖 달라고 보채는 너를 머리가 터진 너를 걷어차며
　말라붙은 탯줄을 칭칭 목에 감으며 가고 있다
　파리가 들끓는 탯줄에 침을 뱉으며 가고 있다
　구더기가 된 탯줄을 질근질근 씹으며 가고 있다

철거지를 지나며

코딱지만 한 단칸방 가득 피어나던
따습던 저녁이 없다
오랜만에 걸어보는 길
희미한 외등만이 비추는 철거지는
여남은 집 어깨 나란히 하고 오순도순 살던 곳
쌀 한 됫박 연탄 한 장 빌리러 갚으러 가서
절절 끓는 아랫목에 발 집어넣던 곳
한글 막 깨친 아이 하나
밥상 위에 턱 괴고 앉아 소리 높여 글 읽던 곳
희미한 외등 따라 내 그림자 길게 늘어져
고단한 생의 흔적이 말끔하게 지워진 길
한 발 두 발 내 구두 소리만 홍얼댄다
일가족 칼잠으로 누웠던 머리맡
책 읽던 아이 책 잠시 덮고
그 위에 더운 국 한 그릇 차려지던
밥상을 밟으며 간다
차 조심해라 선생님 말씀 잘 들어라
그 아침의 당부와 언약을 밟으며 간다

출구

공습 사이렌이 울렸다
티브이 줄거리에 식상한 누가
짜고 치는 고스톱이라고
화염병을 던지고 갔다
금방 독가스가 자욱해졌지만
사람들은 공들여 얻은 자리를 빼앗길까 봐
복지부동 버티고 있다
삐라처럼 뿌려진 폭탄에
20인치 스크린 안이 환해졌다
아우슈비츠처럼 잠깐
지하 동굴을 믿고 지상은 암전되었다
깜깜해서 아무것도 볼 수 없게 된 구급장비들이
더듬더듬 구멍이란 구멍을 다 틀어막았다
코를 처박고 사타구니에 얼굴을 숨긴 사람들이
불쏘시개처럼 하나 둘 쓰러졌다
흐느적거리는 불길을 뚫고 용케 몇 사람이 남아
티브이 스크린의 전원을 껐다
지하 동굴의 안과 밖에서

비밀번호를 잊어버린 사람들이 울부짖었다
스크린은 자꾸 끓어 넘쳤다
다 녹은 쇳물이 마지막 남은 출구를 틀어막았다

재의 요새

브라운관에 재가 수북이 쌓여 있다
아무리 털어도 그대로다
바그다드 소녀 몇 윤간당했다고 전하는 신문에
아니라고 손사래를 치는 미 사령부에
재가 수북이 쌓여 있다 닦아도 닦아도
한 번 달라붙은 재는 지워지지 않는다
한 번 발사된 정충은 돌아가지 않는다
포탄은 어디든 가서 산산이 무너진다
잿더미는 정충을 덮기 위한 요새였다
정충은 요새에서 화석이 되었다

대구 중앙로역에서 묻혀온 재가
아직 내 손가락 끝에 있다
이게 정말이냐고 문질러본다
아무리 씻어도 지워지지 않는다
자꾸 안으로 파고드는 피고름으로
어제는 오른쪽 어깨로 번지고
오늘은 왼쪽 옆구리로 파고든다

오장육부가 잿더미가 되어
살과 피와 비명으로 범벅이 된 정충이
산산조각 부스러진 가슴으로 파고들어갔다
거기 또 철통 요새의 화석이 들어섰다

어느 날 나도 운동권이 되어

팍팍한 시절 다 보내고 뒤늦게 운동권이 되어
한 시절 운동권이었던 운동권들의 고뇌를 생각느니
오직 한 가지 저지선 뚫고 전단 뿌리고
화염병 던지며 백골단 피해 허겁지겁 달리던 그때처럼
나는 지금 과다한 목표 앞에 땀 흘리며
젖 먹던 힘까지 다 짜내 달리고 있다
이렇게 뛰면 못 넘어설 게 없다며 주먹 불끈 쥐고
이렇게만 가면 세상 거머쥐지 못할 게 하나도 없다며
겁 없이 겁 없이 나아가다 기진맥진 엎어지고 뒷덜미 잡혀
죽을힘으로 내뺐을 그때의 운동권들을 생각하고 있다
누가 뒤에서 쫓아오기라도 하는 것처럼 누가 길 가로막고
불심 검문이라도 하는 것처럼 이러다가 죽을지도 몰라
그만 달려도 될 모퉁이를 돌고서도 자꾸자꾸 내빼고

있었던

　한 시절을 생각하고 있다 벌써 희미해진 옛 생각에

　나는 자꾸 과격해져 헬스클럽의 운동기구를 넘어서

가고 있다

　죽어도 좋다고 생각했던 길을 피해 용케 그 반의

반도

　미치지 못한 사잇길로 나는 그냥 달려가기만 하다가

　들어올리기만 하다가 밀어내기만 하다가 잡아당기

기만 하다가

　덜컥 덜미가 잡혀 주저앉을지도 몰라

　해방가를 부르지도 못하고 승리의 노래를 부르지도

못하고

　풍년가를 부르지도 못하고 무르팍이 깨져 코피가

터져

　엉엉 쓰러져 울다가 어머니의 따스한 젖가슴이 그

리워

　걸음을 늦추다가 나는 분해서 헬스클럽 강사의 핀

잔에

번쩍 정신이 들었는지도 몰라
바로 나아가기만 하면 되는 운동권도 되지 못하고
숨고 구르고 담을 타고 뒷걸음을 치다가 영 억장 무
너지면
까마득한 저 끝에서 뛰어내리기도 했을 운동권은
더더욱 되지 못하고 내 걸음은 오래전 선각자들과
그들이 넘어간 가파른 자갈길을 생각하고 있는지
몰라
돌격 앞으로 누가 뒤에서 채찍을 휘두르지 않았는
데도
누가 저 멀리 당근을 던져놓지 않았는데도
마구 달음박질하며 오직 한 가지 생각뿐이었을
이러다가 내가 죽을지도 모른다는 생각 같은 건 하
지도 않았을
죽으면 안 된다는 생각 같은 건 하지도 않았을
선각자의 선각자들 뒤를 이어
나는 지금 마구 헐떡거리며 달려가고 있다
오직 한 가지 이러다가 숨이 차

머리 꼭대기까지 숨이 차 주저앉기 전에
이 짓거리를 그만두어야겠다는 생각을 하고 있다
다 살자고 하는 짓인데 이 짓거리를 하다가 죽으면
사람들이 얼마나 웃을까 하는 생각을 하고 있다
눈앞에 한 가지 오직 희망뿐이었던 절망뿐이었던
시절을 생각느니 한때 운동권이었던 청년을 사랑한
적이 있는
티없이 맑았을 어느 봄날을 떨치려고 주먹 쥐고 이
앙다물고
러닝머신의 속도를 올리는 아녀자들 사이에서
한번도 운동권이 되어보지 못한 운동권의 비애를 생
각느니
한번도 운동권이 되어보지 못한 운동권의 비겁을 생
각느니

연탄

왜 나에게만 달려드는 것이냐 발갛게 달아오른 얼굴
로 분을 삭이지 못해 뭐라고 숨막히는 함성을 내지르
는 것이냐 왜 이리 오래 타는 것이냐 떨리는 내 몸에
기대어 뜨거운 날개를 말리는 것이냐 아무것도 남지
않게 풀풀 날려서 왜 내 안을 하얗게 후벼파는 것이냐
가슴이 한꺼번에 막히도록 뜨거운 고함을 내지르는 것
이냐 그렇게 오래 찰떡궁합이 되고도 아직 붙어먹을
게 남은 것이냐 온몸의 기운 다 빠져나가 백발이 되고
도 왜 껴안은 가슴 풀지 못하는 것이냐 너 말고는 이
제 더 이상 붙어먹을 게 없는데 들끓는 날개 달아 승
천할 게 없는데 그렇게 오래 불태우고도 그렇게 오래
앗아가고도 붙어 떨어질 줄 모르는 것이냐 떨며 선 오
랜 서성임들을 주저앉히는 것이냐 누가 걷어차면 흥에
겨워 저리 산산이 신명을 다해 부서지고 마는 것이냐
나보다 먼저 서늘해져 나보다 먼저 흩어져 나보다 먼
저 흙 속에 몸을 파묻는 것이냐

뜨거웠던 한 시절에 대해

숨막히도록 활활 타오른 그날에 대해
왜 영영 아무 말이 없는 것이냐

굿모닝 베트남

내 어눌한 시 창작 수업 듣는 베트남 학생 찌엥꾸억
빠오
모국어 두고 남의 나라 시 떠듬떠듬 따라 읽는 응웬
티반쭉
나는 너희 나라에 미안해 버스 내리면 바로 보이는
호프집
굿모닝 베트남에 한번도 가보지 못했다
거기 앉아 차창 밖으로 흘러가는 밤 풍경을 그윽이
바라볼 수 없었다 안락의자에 앉아 담배를 꼬나물고
굿모닝 굿모닝 활기찬 아침을 노래할 수 없었다
그때 나는 베트남 가는 군인들을 태극기로 보내며
부산항 중앙부두에서 열렬히 열렬히 진군가를 부
르며
베트남에 상륙해 베트남을 짓밟았을지도 모르겠다
너희 나라 굿모닝 굿모닝을 박살내버렸을지도 모르
겠다
바다를 건너온 승전보에 환호성 지르며
폐허가 된 땅 위에 또 한 다발의 폭탄을 내리꽂았을

지도 모르겠다

　나는 어떻게든 학점이라도 잘 주어야겠다고 작정하
고 있는데

　너희는 교실을 나가는 나를 따라나서며 자꾸자꾸 묻
는구나

　한국말이 어렵다고 한국이란 나라가 어렵다고 더듬
거리며

　미안하구나 찌엥꾸억빠오, 응웬티반쭉, 너희만 아
니라

　너희 이름 하나 제대로 발음하지 못하는 나도 어렵
구나

　이제 그만 내가 알아들을 수 없는 너희 모국어로 말
하려무나

　코리아가 그랬지 않느냐고 코리아가 그때 우리를 퍼
붓지 않았느냐고

　배고픈 입냄새가 풀풀 나는 찌엥꾸억빠오야

　내 어릴 적 춘궁기처럼 야위고 자그마한 응웬티반
쭉아

막걸리북

오랜만에 가본 문화호텔 뒷골목의 막걸리집이
자취도 없다 헐어내고 새로 지은 고층 건물 앞을 지
나며
바닥에 질펀하던 막걸리 냄새 맡는다
술 중에 막걸리는 제일로 순하지만
천지를 진동하는 냄새는 젤로 순하지 않았다
그 체취 맡으려고 킁킁대다가
냄새에 빌붙어 살아남은 웬 북소리를 들었다
두웅둥 나지막히 점점 크게
다시 나지막히 이어지고 있는 북소리는
임금님 귀 당나귀 귀 임금님 귀 당나귀 귀 소근대
다가
점심도 거르고 저녁도 굶고 앉은 자리에서 내리 막
걸리만
받아들인 뱃가죽이 내던 소리였다
태평양처럼 팽팽해진 뱃가죽을 두드리며
두웅둥 북을 치며 갑자기 목소리들이 높아졌고
그러다가 북통이 된 배에 계속 막걸리를 퍼부으며

말이 좀 많았긴 했다 不穩했으나 不溫하지는 않았던
노래가 많았긴 했다 두웅둥 삼천리 금수강산 울려퍼
지는 북소리 내느라
뱃가죽이 팽팽해지도록 자꾸자꾸 막걸리를 먹이긴
했다
그러다가 북은 절정을 앞두고 갈갈이 찢겨버렸고
통금 깔린 신작로 골목을 돌아 문간방에 숨어들기
까지
두웅둥 너무 두드려 갈라진 북이 있었긴 했다
너무 소리쳐 말문 막힌 북이 있었긴 했다
한잔만 더 하자며 안달을 부린 북이 있었긴 했다
그렇게 들이붓다가 한 시절이 다 가기도 했다
한 시절이 다 가기도 전에 북은 찢어진 것이기도 했다
잠잠해져버린 것이기도 했다

철조망 장사

파주시장이 세계 유일의 진품이라고 고유번호까지 붙여 보증한
철조망 한 토막
별것도 다 팔아먹는다고 피식 웃다가
아니지 그게 아니지
한국전쟁 50주년 기념으로 만든 액자 속
동두천에서 군 복무 중인 아들이 기념품으로 가져온 철조망
어서어서 다 팔아먹어 동이 나버려라
돈 많은 사람들 땅 투기하듯 다 몰려와 매점매석해버려라
50년 동안 허리 옥죄었던 철조망 녹물을 가운데 두고
우측 상단에는 대한민국 파주시장의 진품 보증 도장이 찍혔고
좌측 하단에는 성조기와 태극기가 팔짱을 꼈다
수술용 칼을 둔 채 서둘러 봉합해버린 아랫배를 두고
발목지뢰를 요소요소에 깔아놓은 허리 근처를 두고

아니지 그게 아니지

저 곪아터진 반세기의 원한을 어느 누구 가슴에 떠
안기겠나

피멍 든 녹슨 철조망 머리맡에 걸어놓고 꿈결에도
바라보며

반도의 꼬리 복숭아뼈 근처에 사는 죄로

그래그래 내가 다 씹어먹으마 저 녹슨 철조망

그래그래 내가 다 빨아먹으마 저 오랜 화농을

얼음 호수

한뎃잠을 자는 것들에게는
두꺼운 얼음이 때로 방한복이다
못 가득 바람 한 점 못 들어오게 두툼한 방한복을
껴입기까지
물고기는 물벌레를 먹고
물벌레는 물고기의 배설물을 받아먹었다
저토록 두꺼운 옷을 짜입기까지
못 안의 것들은 수면을 간지럽히는 햇살을 마다하고
바닥에서 뽑아낸 서늘한 실로
쉴새없이 수면을 수놓고 있었다

한겨울 난전에 좌판 벌인 노점상에게는
일찍부터 휘몰아친 칼바람이 추임새였다
줄줄이 딸린 식솔들의 배고픈 손이 후끈한 보약이
었다
처음에는 손발이 차고 턱이 얼어붙어
무엇을 사라고 외치는 소리
몇 발짝도 나아가지 못하고 주저앉았으나

소한 넘기고 대한 가까워오자
팔뚝을 걷어부치고 다시 일어서는 몸에서
확확 더운 김이 터져나왔다

그 더운 입김 옆에서도 못을 덮은 얼음은 녹지 않았고
겨울 내내 멈추지 않았던
물고기와 물벌레의 얼음 노동 옆에서도
노점상의 손과 발은 얼어붙지 않았다

내일 또 내일

한여름 뙤약볕이 내리쬐는 시장 바닥에 엎드린
그 남자 앞에서 나는 오늘도 얼어붙었다
서서히 달구어져 이제 막
불판으로 바뀌고 있는 바닥이 힘들어졌는지
그는 오른쪽으로 한 번 왼쪽으로 한 번
천천히 구워지는 산낙지처럼 몸을 비틀어보는 중이
었다
그것이 다 갚을 수 없는 전생의 업이었다 할지라도
만방으로 뚫린 시장통에서 몇 날 몇 년을 내리
갚아야 할 죄라면 그의 업은 너무 뜨거운 것이었다
그걸 바라볼 때마다 몸서리치며 멈춰 서는
나의 업은 너무 차가운 것이었다 해는 언제나
딱 하루치의 형벌만을 가하고는 뙤약볕을 거두어가
버렸고
그때마다 잠자코 엎드려 있던 그가 갑자기 고개를
들어
해를 움켜잡으려는 듯 이리저리 팔을 뻗쳐보는 것이
었다

그의 죄는 하루 이틀에 불타 없어지거나 녹아 사라
질 게

아니었다 그와 마주서야 하는 나의 형벌 역시

사나흘 얼어붙고 말 죄가 아니었다 얼기 전에 녹고

녹기 전에 얼어붙으면서 내일 또 내일도 계속될 것
이었다

동냥 그릇 염불 한 자락으로 하늘에 등 돌리고 땅에
코 박고

익을 만하면 식고 식을 만하면 다시 익는 그와 나의
형벌은

내일 또 내일도 계속될 것이었다

겨울나기

춥다고 겹겹이 옷 껴입은 나와
우수수 옷 벗어 땅을 덮어주고 있는 나무가
마주보고 섰다

그러고도 추워 떨고 있는 나와
그러고도 맨살로 사지를 활짝 펴고 있는 나무가

그러고도 춥지도 않니?
그러고도 춥다고 하니?
말을 건넨다

나무가 깔아준 이불을 덮은 흙과
바람 씽씽 오가는 하늘에서도 알몸인 해가
마주보고 섰다

그러고도 추워 웅크린 흙과
그러고도 더운 김을 내뿜는 해가

그러고도 미안하지도 않니?
그러고도 미안하다고 하니?
말을 건넨다

호프집

저녁 지나 밤늦도록 젓가락 두드리며 논
호프집 계산 사만 몇천 원
새 손님 들지 않아 남자 셋 여자 셋
살만해진 부부끼리 옛이야기 하며
떵까떵까 자리에서 일어나
춤까지 추며 논 게 사만 몇천 원
예순 이쪽 저쪽 여주인 빙그레 웃으며
서비스 안주 갖다주고 담배심부름 하고
주탁 두어 번 닦아준 것까지 합해

술값 계산하느라 잠시 잠잠해졌을 때
뒷방에 앉아 오줌 참고 참았을 바깥양반
젊은 것들 고성방가 끝내고 다 돌아간 줄 알고
할 이야기 못할 이야기 다 주워들어
자꾸 부풀어오른 오줌보
이제 그만 털어버리려 나왔을 때
오줌 누고 있던 나와 눈이 마주쳤다
방광에 남은 오줌 미처 다 떨구지 못하고

서둘러 소변기 앞을 나서는데
영감님 무슨 큰 죄나 지은 듯 허리 조아리며
미안하다 미안하다며 고개 숙여 오줌 누고 있다
소변기 앞에 저렇게 고개 박기까지
영감님은 얼마나 많은 것들 앞에
고개 숙이며 왔을 것인가
나는 고개 치켜들고 있었는데
다른 데는 다 고개 박으면서도
제 오줌 받아주는 소변기 앞에는
빳빳이 고개 들고 있었는데

비전향 사십 년

그에게는 아직 전향 못 한 것이 있다. 평안남도 맹
산 가는 것, 한판 전쟁으로 뇌물로 뒷구멍으로 새치기
해 가는 게 아니라 당당히 한 줄로 서서 가는 것, 하
루아침에 전향해 카드깡 문자메시지 원조교제 빠찡꼬
비밀댄스홀로 가는 게 아니라 떠나올 때처럼 한 걸음
두 걸음 걸어서 가는 것, 물물교환 부부스와핑으로 꿈
속에서만 탄식 속에서만 가는 게 아니라 바알간 대낮
에 활개 펴고 가는 것

그는 잘사는 자본의 나라가 쓰다 버린 재활용품을
주워 산다. 외국 기자가 구해온 아들의 사진, 전쟁 때
파편 맞아 한쪽만 남은 눈을 글썽이며 만지는 아들의
얼굴, 너무 많이 반복해 들어서 질질 늘어지는 테이프
속의 아버지 소리, 너무 많이 어루만져 문드러진 아들
의 콧잔등, 모두 다 무너지고 끝나가는 마당에 아직도
삼천리 화려강산을 믿는

그는 누가 쏘아보내놓고 수거해가지 않은 탄환 한

발, 분단되어 내버려진 비무장지대에서 멸종의 위기
를 넘긴 흰날개해오라기, 철원 민통선 지뢰밭 위에 둥
지 튼 황조롱이, 금치산 한정치산 신용불량 공문서위
조 배임수재 공갈협박이 되지 않도록 분단의 눈물이
마련해준 안전지대 무균실을 견딘 재두루미, 붉은
부리가 자꾸 더 붉어지는 불치의 적혈병 새가 아니었
을까

소름 돋는 봄

지하 벙커에서 눈치를 살핀 봄
소녀의 찢어진 옷자락에 붙어 있다
기름값이 내리고 독재자의 동상이 쓰러지고
거기 솟은 꽃의 색깔이 너무 붉다
피고름에 잘 듣는 가루약처럼
폭격 멈춘 사막 위로 무역상의 전단지가 뿌려진다
어머니 아버지가 죽어나간 집터
멀리 포탄공장의 불이 환하다
두 다리 잘린 소녀
웃는 건지 우는 건지
점령군이 던진 빵 조각을 씹고 있다
사막에서 날아온 검은 재가
자꾸만 빵 조각에 달라붙는다
소녀의 잘린 다리에도 소름이 돋는다

이빨과 혀

　　지상의 동물들이 망하기 시작한 건 이빨로 해결해도
될 일을 혀로 해결하면서부터이다 이빨로 물어뜯어 씹
어 삼킬 일을 자꾸 세 치 혓바닥 안에서 궁글려 녹이
고 있고, 녹녹하게 잘 녹지 않는 것들을 한 번 더 부
드럽고 달콤하게 궁글려 쥐도 새도 모르게 꿀꺽 삼키
고 있다 제 할 일을 사사건건 떠넘기는 이빨 때문에
세 치 혀는 그래서 일이 무척 많아졌다 한때의 조상이
사냥개였던 저 늙은 개 역시 목덜미를 물어 한 번에
제압할 일을 혀에게 다 떠넘기고 있다 컹컹 이제 아무
위엄도 없는 울음을 짖고 있다 무섭지도 않고 무서워
하지도 않는 저 개처럼 무엇이든 제압할 일이 생기면
오랫동안 그 앞에서 무릎 꿇고 그의 발꿈치나 핥아주
고 있다

다시 다대항

그해 가을, 부산 다대항에 정박한 만경봉호 보러 갔을 때, 육십 년 못 본 얼굴 한 번 보러 갔을 때, 새로 문을 연 동물원처럼 포구로 가는 길이 줄줄이 줄줄이 팝콘을 씹으며 가는 사람들로 인산인해를 이루었을 때, 걸음이 더딘 나의 무릎은 자꾸 아파오기 시작했고

군중들 사이 목을 빼고 있던 나와, 그런 나를 술이나 한잔 하러 가자며 꼬드기던 친구와, 만경봉호 위에서 우리를 내려다보았을 북의 처녀와, 북의 처녀를 더 자세히 보려고 발꿈치를 드는 남의 사내와, 보여주고 싶은 건 하나도 보여주지 않았던 바다와, 보고 싶은 건 하나도 보지 못했던 하늘이, 개봉도 안 된 과자 부스러기로 널려 있었고

그때 아팠던 무릎은 지금도 아프고, 잘 구부러지지 않고, 잘 펴지지 않고, 뚝뚝 부러지는 소리를 내고 있고, 그래서 나는 무릎 굽히기를 포기해버렸고, 무릎 펴기를 포기해버렸고, 다대항은 아무 일도 기억나지

않는다는 듯 먼 데를 바라보고 있고, 육십 년 전에 바라본 곳을 지금도 바라보고 있고

너무 오래되어 다시는 오므릴 수 없을 것 같은 무릎은 지금도 여전히 뚝뚝 부러지는 소리를 내고 있고, 내 머리는 다 잊었고, 내 가슴은 다 식었고, 내 눈물은 다 말랐고, 내 부르짖음은 다 꺾였고, 하나도 하나도 아프지 않게 되었고, 저 아래 무릎만 여전히 뚝뚝 부러지는 소리를 내게 되었고

보리수여인숙

국군통합병원이 헐리고
이 도시에서 가장 비싼 아파트 공사가 시작되면서
보리수여인숙은 모습을 드러냈다
방이래야 다 해 대여섯 개
블록건물 낡은 간판이 떨어져나가고
대신 보리수여인숙 현수막을 옆구리에 걸었다
다리 부러지고 어깨 다친 군인 총각들
긴긴 밤 병실 창 너머로 보이던
높은 담벼락 몸 붙인 보리수여인숙에 잠 못 이루
었다
한 계절이 다가도록 가타부타 답신 없는
애인의 이름을 수없이 불러보다가
그때 몇은 월담해 희미한 백열전구 몸 누인
旅人들의 잠 사이에 염치없는 발을 집어넣기도 했
었다
실연의 상처가 다 아물기도 전에 국군통합병원이 헐
리고
다시 올지 모르는 여인들을 기다리던 군인 총각들

절뚝거리며 보리수여인숙 앞을 지나 뿔뿔이 흩어
졌다
망가져야 돌아올 사랑이라면
팔다리 하나쯤 더 부러져도 좋겠다고
보리수여인숙 다 부러진 골조를 엉성하게 내보이고
있다

만추

꼭 한마디 전할 게 있다는 듯 겨울이 오기 전에 귀뚜라미 울음이 요란하다

귀뚜리가 울자 옆에 있던 벌거지들이 풀섶 곳곳에 숨어 따라 운다

동감이요, 재청이요, 옳소, 막무가내 외치는 소리

가을의 저지선을 뚫고 달려온 구급차가 시끄러운 잎새들을 짓밟고 간다

너무 빨리 짓밟힌 벌거지들이 피에 물들어 바스러지고 있다

그리고 잠시 후

귀뚜리도 울지 않고 구급차도 오지 않고 겨울도 오지 않았다

피를 다 흘린 잎새들만 남아 오랜 적막이 계속되었다

입

딴 데 보태주지 않으려고 참고 참다가 이윽고 집에
당도해서야 내놓던 것을 아무 데나 싸지르고 다니면서
생긴 문제였다 어디든 흘러가서 먼 고향 들녘의 밑거
름이나 되게 놓아주어야 할 것을 아무 입에나 막 쑤셔
넣으면서 생긴 문제였다 아무 입으로나 막 내뱉다가
생긴 문제였다 근본도 모를 입을 땅 밑 비밀스런 저장
고에 차곡차곡 쌓으면서 생긴 문제였다 푸른 하늘 뭉
게구름 들녘 가득 곡식들이 춤추며 받아먹을 것을 꼭
꼭 문 잠그면서 생긴 문제였다 뒤를 돌아보며 방긋 안
부를 묻지도 않고 잘한다 잘한다며 넘실넘실 박수 처
주지도 않고 매정스레 입을 닦아버리고 나서 생긴 문
제였다 줄줄이 벌린 입들을 다 물리치고 줄줄이 벌리
고 있어야 할 입들을 다 다물게 해서 생긴 문제였다
그걸 냉큼 다 받아먹고 내놓지 않는 입과 그걸 냉큼
게워낸 입을 용서하면서부터 생긴 문제였다

제3부

매향

그만 저 건너 세상 가려고 단장을 끝낸 꽃 한 떨기

가문 목 축이라 붙드는 저녁 개울물 발 아래 왔네

그만 저 건너 세상 가라고 떠미는 백팔 타종의 進
軍歌

서산 해 한 입 베어먹고 뱉은 휘파람 향기 몇 모금

불놀이

가슴 안의 치미는 불덩이
꺼지지 않게
내 옛사랑 옛사랑 툭툭 분질러
던지는 것이니
내 옛사랑 옛사랑 따라온
저 바람의 날갯짓으로
자꾸 불타오르는 것이니
중심에 오직 하나
그 밖에도 오직 하나
심장마저 깡그리 깡그리
빛으로 드는 것이니
달려온 빛의 등을 빌어 타고
그 안으로 안으로 날아가
꽂히는 것이니
활활 빛을 살라
불이 되는 것이니

야식저장고

모기에게 뜯긴 여름 한철
내 몸 곳곳 포탄 자국
모기가 판 야전참호 밤의 요새에 숨어
기총 소사 퍼붓는 불가마 밤을
혼곤한 꿈으로 보냈네
집중 포격 수뇌부 함락되는 사이
모기는 포탄 퍼부은 게 아니라
곳곳에 묻힌 나쁜 피 지뢰 다 뽑아간 것

다시 또 여름
한철 가려움이 쉬었다 갈
내 몸은 모기의 맥박 뛰는 식탁
간 맞출 필요 없는 더운 밥 더운 국이
드럼통 가득 차려진 야식 전문 저장고
움푹 밥 퍼간 자리마다 숭늉이 끓고 있는
식지 않는 가마솥

빈집

함안군 대산면 대암부락 외가에
밀린 방세를 받으러 갔었습니다
어른들 돌아가시고 외사촌들 대처로 떠난 빈집
누가 주인 허락도 없이 세들어 산다는 전갈을 받았
습니다
남의 집을 얼마나 험하게 분탕질했는지
문짝이 떨어져나가고 잡초가 무성합니다
방세는 고사하고 한바탕 욕이라도 퍼부으려고
거기 누구 없소, 부르는데
눈교 우째 왔능교
마치 제 집처럼 태연히 안방 차지하고 내다보는 솔
바람
사방 둘러보아도 인적 없는 동네 끝집입니다
뒤란 빨래터 말라버린 우물가를 서성이는데
댓잎 스치는 소리가 그만 나가라고 등을 떠밉니다
문전박대 당하고 있는 내 앞으로
모두 일 나가고 없심더 다음에 오소
공으로 세들어 사는 사마귀란 놈이

사랑채 댓돌 위에서 눈을 흘깁니다
외사촌들 어느 날 노발대발해 달려온다 해도
주인이라 우길 만한 게 아무것도 남아 있지 않은 빈
집입니다

도둑나무

겨울 채비에 열심인 물의 집에
햇살은 하늘에서 물 아래로
직통 선로를 만들어
잘 익은 십구공탄을 실어 날랐다
그걸 훔쳐본
옆집 옆집 그 옆집 나무들이
손 쪼이러 왔다가 눌러앉아
밤 되기를 기다려
뿌리로 지하 땅굴을 팠다
귀 기울여봐라
몰래 판 직통선로를 통해
하늘이 찍어낸 십구공탄을
제 집 창고에
차곡차곡 빼돌리는 기척
그게 너무 뜨겁기도 하고
너무 조바심나기도 해
주렁주렁 달린 도둑나무 귓불에
발그레 단풍 든다

대변항에서

몸의 물기를 다 빼버리고
꽁꽁 말라
다시는 썩지 않을 몸뚱이로 입을 벌리고
꼬들꼬들 말라
다시는 허리 굽히지 않을 자세로 곧추선
마른멸치들
아플 만큼 다 아프고 난 마른멸치를 따라가려고
바다가 내다보이는 뒷간에서
소변 보고 대변 보고
아무리 용을 써 물기를 짜내도
내 몸은 꼬들꼬들해지지 않는다
입을 벌리고 뙤약볕 아래 한참을 서 있어도
내 몸은 곧추서지 않는다
무언가에 젖어 있어서 곧 썩어버릴 것들이
꼭꼭 씹히지 않을 것들이
축축하게 흐물흐물하게 줄지어 걸어가며
바닷바람에 몸을 말리고 있다

이발사의 퇴고

글 몇 줄 써놓고 마무리하다가

자꾸 돌부리에 걸려 넘어진 저녁

머리나 깎아두자고 찾아간 이발사에게서

문장 강습을 받았다

큰 가위 작은 가위 전기커트기 번갈아 쥐고

큰 가위로 듬성듬성 잘라야 할 때

가차없는 강풍이 일고

작은 가위로 채칵채칵 다듬을 때

어루만지고 도닥거리는 손이 섬섬옥수였다

그렇게 수많은 문장을 탈고했을 이발사의 손끝에서

은은한 향기가 났다 앞머리 옆머리

공들인 뒷덜미를 이리저리 돌아가며 살피다가

이발사는 무슨 궁리가 섰는지

그동안 일군 텃밭 한쪽을 전기커트기로 갈아엎고 있

었다

다시 큰가위질이 시작되고 작은가위질이 이어졌다

뒷덜미가 자꾸 허전해졌지만 그바람에 앞머리는

날개를 단 듯 천천히 휘날리기 시작했다 잠시 후

다 되었노라고 이발사가 등을 툭 쳤을 때
꼬리를 떼어낸 로켓처럼
내 몸은 벌떡 일어나 가볍게 솟구치고 있었다

5월의 결사항쟁

막 피어난 꽃이 이쁘다고 꺾고 있는
계집애들 사이에
꼬맹이 머슴애 하나 주먹 쥐고 서 있다
금방이라도 울음을 터뜨릴듯 울먹울먹
꽃을 꺾어 한아름 일어선 계집애들 앞에
씩씩대며 한마디 한다
그라지 마라
그라믄 꽃이 아프다 아이가
머슴애 한마디에
꺾인 꽃들이
잔뜩 겁에 질려 있던 꽃들이
하모 하모
파르르 있는 힘을 다해 고개를 끄덕인다
그라지 마라
그라믄 내년에는 꽃 안 피운다 아이가

* 하모 하모: '그렇고 말고'의 경상도 사투리

부부

재작년 이맘 때 죽은
남편 산소에 와서
새똥 흘러내린 비석을 닦은 손바닥으로
뜨끈하게 차오른 콧물을 훔치는 여인

어젯밤 자다 일어나
바닥에 펴놓고 어깨 통증을 맞추다가
삐뚜름하게 붙은
파스의 모서리가 쭈글쭈글 삐져나와

젤로 슬플 때가
혼자 파스 붙일 때라고
여인은 손으로 눈시울을 닦고
남편의 가려운 등이라도 되는 양
슬슬 비석도 긁어주고 있다

이른 가을의 수습

드넓은 김해평야에서 잘 자란 모 한 판
집 옥상에 옮겨 심어놓고
욕심이 과했던가 보다
아침마다 물 대고 쓰다듬고 말을 붙이는데
벼는 가을이 오기도 전에 비실비실 말라가고 있었다
그 가녀린 벼에 무슨 힘이 있다고
제 몸 하나 버티기도 힘든 놈 모가지에 매달려
나는 마구 무엇인가를 애원하고 있었던가 보다
어서어서 커서 쑥쑥 밥이 되어 걸어나가라고
늦은 봄에서 여름까지 줄기차게 물 대고 말 시킨 죄
날마다 쇳덩어리 하나씩 가슴에 안긴 꼴이었을까
도시의 찌든 어둠과 불빛을 비료로 받아먹고
벼는 가을이 오기도 전에 하얗게 머리가 세고 있었다
이럴 바엔 빨리 늙어 먼저 죽어버리는 게 낫겠다고
벼는 밤새 쿨럭거리며 해소 천식을 토하였다
아무려면 수십 년을 견딘 가슴앓이만 하겠냐고
이부자리의 나는 말라가는 벼를 모른 체했고
그렇게 여름이 다 가도록 벼는 여물지 않았다

자꾸만 하얗게 말라 고꾸라져 고개 떨군 쭉쟁이들을
수습하며
    오랜 가슴앓이만 남은 가을이 오고 있었다

빗소리

타다닥 타닥
수많은 파지를 내며
지난밤 공들여 써놓은 시 한 편을
후드득 후둑
오늘 아침 내린 비가
말끔히 쓸어가버렸다
다시 詩想을 가다듬으며
비는 천천히
또박또박 내리다가
마감에 쫓기는지
일순 속도가 빨라졌다
타다닥 후드 타닥 후둑
난타가 이어졌다
파편에 맞아 활자의 일부가 흐려졌지만
비는 마감 시간을 정확히 지켰다
비 멎은 바닥에 파지가 수북하다

본전 생각

파장 무렵 집 근처 노점에서 산 호박잎
스무 장에 오백 원이다
호박씨야 값을 따질 수 없다지만
호박씨를 키운 흙의 노고는 적게 잡아 오백 원
해와 비와 바람의 노고도 적게 잡아 각각 오백 원
호박잎을 거둔 농부의 노고야 값을 따질 수 없다지만
호박잎을 실어 나른 트럭의 노고도 적게 잡아 오백 원
그것을 파느라 저녁도 굶고 있는 노점 할머니의 노
고도 적게 잡아 오백 원
그것을 씻고 다듬어 밥상에 올린 아내의 노고는 값
을 따질 수 없다지만
호박잎을 사들고 온 나의 노고도 오백 원

그것을 입 안에 다 넣으려고
호박 쌈을 먹는 내 입이
찢어질 듯 벌어졌다

그곳

똑똑 노크 소리에 문 열지 않아도 되는 곳
어느 때라도 들어서기만 하면 아랫도리 내리고
윗도리 올리고 온전히 혼자 될 수 있는 곳
더 이상 세상이 도망가지 못하게
안으로 문 잠그고 당당히 맞설 수 있는 곳
명상에 대한 답안을 제출하지 않아도 되는 곳
편들어주는 것들 다 물리치고 아랫도리 내리고
윗도리 올리고 자기와의 한판 승부를 청하는 곳
구구단 끝까지 더듬거리며 외울 수 있는 곳
외우다가 막혀도 그만인 곳 지난밤 연속극 앞에서
못다 흘린 눈물 찔끔 훔칠 수 있는 곳
팽팽한 줄다리기, 땀이 슬쩍 배어나오기도 하는 곳
그 옆방 같은 일로 힘쓰고 있는 이름도 얼굴도
알 수 없는 동지의 신음 소리 간간이 들리는 곳
앞서간 낙서가 그려놓고 간 혁명과 사랑의 암호들이
우후죽순 약간 수줍은 미소를 보내는 곳
언제 그랬냐는 듯 언제 용 한 번 쓴 적 있느냐는 듯

깨끗이 손 씻고 깨끗이 입 닦고 걸어나와도 되는 곳
짧으면 몇 분, 길어야 십여 분인 면벽의 처소

어머니 연잎

못 가득 퍼져간 연잎을 처음 보았을 때
저는 그것이 못 가득 꽃을 피우려는
연잎의 욕심인 줄 알았습니다
제 자태를 뽐내기 위해
하늘 가득 내리는 햇살 혼자 받아먹고 있는
연잎의 욕심인 줄 알았습니다
그러나 연잎은 위로 밖으로 향하고 있는 게 아니라
아래로 안으로 향하고 있다는 걸 알았습니다
아직 덜 자라 위태위태해 보이는 올챙이 물방개 같
은 것들
가만가만 덮어주고 있다는 걸 알았습니다
위로 밖으로 비집고 나오려고 서툰 대가리 내미는
것들
아래로 안으로 꾹꾹 눌러주고 있다는 걸 알았습니다
어머니의 어머니가 동란 때 그러하셨듯
산에서 내려온 자식놈 마룻바닥 아래 숨겨두고
그 위에 눌러앉아 방망이질하시며 앙다물던
모진 입술이란 걸 알았습니다

그렇게 그것들의 머리맡에서
꼬박 밤을 밝히고 있다는 걸 알았습니다

오후 두 시

한 상 차려 놓은 늦은 밥상에 날아든 파리 한 마리
생선 나물 밥 차례대로 찍어 맛보다가
제 식성에 맞지 않는지 푸르르 날아가버린다

모처럼 찾아온 손님이 마다하고 간 밥상
한동안의 적요가 만든 일직선을 따라
허공을 가르며 햇살 고속도로가 뚫렸다
그걸 타고 제일 먼저 도착한 먼지 알갱이들

잘 왔다
이리 와 앉아 수저를 들어라

통도사 땡감 하나

노스님 한 분 석가와 같은 날로 입적 잡아 놓고
그날 아침 저녁 공양 잘 하시고
절 마당도 두어 번 말끔하게 쓸어 놓으시고
서산 해 넘어가자 문턱 하나 넘어
이승에서 저승으로 자리를 옮기신다

고무줄 하나 당기고 있다가 탁 놓아버리듯
훌쩍 떨어져 내린 못난 땡감 하나

뭇 새들이 그냥 지나가도록 그 땡감 떫고 떫어
참 다행이었다고 나는 생각하고
헛물만 켜고 간 배고픈 새들에게
참 미안한 일이었다고 땡감은 생각하고

노스님들 떨구어낸 감나무
이제 좀 홀가분해 팔기지개를 켜기 시작하고

바람의 노래

나는 비록 꽃이 아니어도 좋으니 나를 견딘 매화나
무 기다림이 욕되지 않게 해달라 빌었습니다 나는 비
록 새가 아니어도 좋으니 나를 잃고 먼 하늘을 헤맨
소쩍새의 소망이 헛되지 않게 해달라 빌었습니다 나는
비록 밥이 아니어도 좋으니 나를 찾아 온 눈밭을 들쑤
신 살쾡이의 배고픔이 슬프지 않게 해달라 빌었습니다
나는 천근만근이어도 좋으니 내 안의 무게에 저것들이
떠메고온 짐 다 얹어달라 빌었습니다 내 안에 숨긴 고
운 꽃다발 풀어 저것들의 길 위에 뿌려달라 빌었습니
다 오래 더 오래 저것들의 등을 어루만질 수 있게 남
은 두 손 잘게잘게 부수어달라 빌었습니다

내 물이라면

내 물이라면 성난 기운 풀어
흙에게 나무에게 다 주고
메마른 땅 비집고 슬금슬금 솟아나는
저런 맑은 샘물 되지는 않겠네
큰비 온 뒤 휩쓸려가는 흙탕물 되어
나무에게 풀에게 스며들지 않고
누가 불러도 돌아보지 않고
누가 기다려도 길 바꾸지 않고
그 힘 그 즐거움 그 줄기찬 아우성으로
세상 귀하고 어여쁜 것들
다 껴안고 흐르겠네
가지 않겠다 버티는 것들
자꾸 돌아보는 것들
성난 눈물로 뒤섞여 흐르겠네
다시 올 수 없는 먼 곳
길 없는 막막한 길까지 가서
그 힘 그 줄기찬 아우성으로
귀하고 어여쁜 것들 다 부려놓겠네

오늘의 백팔 배

아침마다 백팔 배를 하고 있는 중입니다
지금 이 시각 누구나 바라보고 있을 동녘은 버리고
햇볕 잘 들지 않는 북서쪽을 향해 두 손 받들고 있
는 중입니다
하늘 가운데로 푸르게 환하게 솟아오르는 뭇 새들
말고
꼬물꼬물 바닥을 기어가는 벌레들을 향해
자꾸 배고파 땅의 젖꼭지 안으로 파고드는 개미들을
향해
신년하례를 올리고 있는 중입니다
매일 아침 승승장구하던 상심을 내보내고
사방 끝없이 나아가던 평심도 그만 접어두고
그 빈자리 차곡차곡 하심을 채우고 있는 중입니다
머리 굴리고 탐하는 가슴을 태우고 다니느라
머리와 가슴이 가자는 대로 종종걸음을 치느라
그동안 두 다리가 고생이었는데
밑바닥에 숨은 하심을 길어올리느라
또 고생을 하고 있는 중입니다 그래도 좋은지

제 눈높이에 이르려고 고개 숙인 햇살들을
가랑이 사이로 받아내고 있는 중입니다

지붕

그는 낑낑대며 꼭대기까지 올라갔다
몇 번은 미끄러졌고
몇 번은 뒤로 엉덩방아를 찧었다
몇 번은 개똥 같은 것을 밟았고
몇 번은 누가 올린 토사물을 짚었다
천장에서 떨어지는 물방울의 정체를 확인하려고
또는 뜬금없이 쿵쿵거리는 발자국 소리를 잡으려고
튀어나온 못에 팔꿈치가 찢어지며 올라갔다
자신을 위로 떠민 아내에게 뭐라고 투덜대며
정말이지 아내가 아니었다면
지붕 위로 올라갈 필요는 없었다고 투덜대며,
천장에 맺혔다가 떨어지는 물방울은 녹슨 구릿빛
그는 땀에 범벅이 된 채 욕지거리를 퍼부으며
지붕 꼭대기까지 올라갔다
한판 오지게 손을 보거나 뒤집어엎을 요량으로
눈을 휘둥그레 뜨고 지붕 곳곳을 살피는데
그를 기다린 것은
지붕 가운데 유쾌하게 버티고 앉은

파란 물통 하나뿐이었다
무슨 말인가로 시비를 붙여보려고
그는 물통을 노려보았지만
파란 물통은 불룩한 배를 내밀며 히죽히죽 웃고 있
었다
발로 한번 걷어차려다가
양수로 가득 찬 어머니의 아랫배 같은 파란 물통을
어찌할 수가 없어서
그 밑구멍을 캐고 안을 들여다볼 수가 없어서
그는 파란 물통을 한 번 쓰다듬어주고 내려왔다

고래야 고래야

한 번 가서 돌아오지 않는 사랑이 너무 많구나
한 번 부르고 잊혀진 노래가 너무 많구나

저 넓은 북태평양 젖 주러 간 귀신고래야
빌딩숲 민둥산 포크레인 행렬 너머
다대포 구덕포 월내 진하 장생포까지
들끓는 바다의 심장을 안고 올 긴수염고래야

떠나보낸 사랑을 목 놓아 기다리나니
떠나간 노래를 소리쳐 부르나니

저 먼 남대서양 젖 먹으러 간 애기참고래야
검은 매연 숨 막힌 달 떨어진 꽃잎 따라
구룡포 칠포 묵호 망상 화진포까지
요동치는 바다의 힘줄을 열며 올 흰줄박이돌고래야

다시 올 날 기약할 수 없는 사랑이 너무 많구나
더 큰 소리로 불러야 할 노래가 너무 많구나

장마

창틈에 매달린 귀뚜라미 한 마리
천둥 번개에 요동치는 집을
가는 실다리로 부여잡고 있다

귀뚤귀뚤 노래도 멈추고
장맛비에 떠내려갈지 모르는 집을
큰일이라고 큰일이라고
가는 실다리로 떠받치고 있다

장맛비 핑계 삼아
빈둥빈둥 일손 놓은 내게
이리 와 같이 붙잡자고
집 다 떠내려간다고 야단이다

서해에서

고개 쳐들지 않고 순하게 구부러진

저 길이 희망이다

못나고 허접한 것들 불러 모아

높이 모나게 솟지 않고

낮고 둥글게 어깨 낀

저 산이 희망이다

질풍노도로 우쭐대지 않고

가만가만 땅의 마른 입술 적시는

저 강이 희망이다

다시 솟는 찬란한 광채의 해는 너무 눈 시려

이제 막 잠깬 것들 아래로 뒤로 숨는다

우뚝한 이 산은 필시 낮은 것들을 짓밟고 온 발자국

출렁이는 이 강은 넘지 말아야 할 사선을 넘어 온
급물살

도란도란 속삭이던 냇물을 휘저으며 온 소란한 함성

나 이제 서해로 간다

일출이 아닌 일몰로

따스한 기운 너에게 나누어주며

느릿느릿 허리 숙여 만나는 산과 바다로
삼보일배 눈물 떨구러 간다
거기 수런거리며 깨어나는 검은머리갈매기
나 거기 숨쉬러 간다

상심한 세계의 버마재비

황 국 명

1. 시인의 첫 마음

90년대의 끝자락, 회한의 20세기가 알 수 없는 다음 세기를 향해 치닫고 있을 때, 최영철 시인은 생사의 임계지점에서 가쁜 숨을 몰아쉬고 있었다. 이미 열여섯 나이로 군용차에 치어 삶과 죽음의 경계를 넘나들었으니, 시인에게 생은 처음부터 호의적이지 않았다. 사고로 한나절 동안 뇌수술을 받은 그는 제5시집 『일광욕하는 가구』에서 "마흔둘에 머리를 맞았다"(「길에서 돌을 맞다」)고 적었다. 이 죽음의 고비를 자기성찰의 계기로 삼았던 그는 썩어버린 물을 밀쳐내듯이 "부끄럽고 주저하는 초심"으로 돌아가고자 했다.

그의 초기 시에서 초심을 읽는다면, 시는 '어긋'나고

'상심한' 세계를 쓰다듬는 '연장'(「연장론」)이며, '수음'이 아니라 '나누어 갖기'(「반시론」)와 같은 것, "저 냄새나는 세상의 시궁창을 건너"기 위해 "마음이 아파야 할 몸"(「시여 시여」)이다. 그러니까 최영철에게 시는 낡고 녹슨 세상을 향한 연장이며, 그 세상을 횡단하는 몸의 연장(延長)인 셈이다. 시와 연장과 몸이 일체라면, 시쓰기는 기름지고 배부른 일상에 대한 알리바이일 수 없다. 또 시를 쓴다는 사실 자체가 헐벗은 이웃을 외면해도 좋다는 면죄부일 수도 없다. 이런 뜻들이 최영철 시인의 첫 마음이라면, 그는 더럽고 병든 세계를 온몸으로 감당하려는 버마재비가 아닌가 싶다.

오늘 우리는 지난 연대를 의붓자식처럼 차버리고 욕망의 아가리에 스스로 투항하고 있으니, 어렵지 않게 버마재비의 무지를 조롱할 수 있을 것이다. 그러나 초심에서 다시 시작하려는 마음이 살아남은 자의 뒤틀린 안도감이 아니라 냄새나는 세상과 고통받는 이웃에 대한 책임감을 뜻한다면, 손익을 따지지 않는 당랑의 무모함이 오히려 미덥지 않겠는가.

물론 오해하지 말자. 버마재비의 무모함은 이념의 깃발 아래 기꺼이 제 한 몸 던지는 영웅적인 행적을 뜻하지 않는다. 버림받은 사람들에 대한 침묵의 카르텔에 분노하지만, 최영철의 시는 그 분노를 생명의 허영심으로 발현하지 않는다. 그의 시는 남성다운 힘을 과시하기보다 변두리의 남루한 삶 혹은 나날의 일상을 포복하는 생명의 비루함에 마음을 둔다. 이번에 상자하는 제8시집 『호루라기』또한 그러하다.

일상성 탐구는 최영철 시의 한 특성으로 이미 주목되고 있지만, 이번 시집에서 도시적 일상의 미시적 영역, 곧 남루하고 왜소한 것, 버림받고 상처입은 것, 더럽고 낮은 것, 어리고 약한 것을 살펴 그 가운데 숨겨진 의미와 진실을 사유하고, 희망과 구원의 가능성을 모색한 것은 특별히 주목할 부분이다.

2. 공동체적 유대, 추억의 장소

도시는 인간이 살아가는 물리적 장소일 뿐 아니라 자본의 생존 토대가 되는 공간이다. 공간을 구조, 재구조화하는 도시계획이나 재개발도 자본의 축적과 위기를 관리하는 수단이며 자본주의 사회의 재생산에 기여한다. 자본주의 도시의 일상을 탐구하는 과정에서, 최영철은 다양한 공간범주를 통해 이와 같은 사정을 드러낸다. 예를 들어, "이 도시에서 가장 비싼 아파트"는 골조를 드러낸 낡은 여인숙과 분리되고(「보리수여인숙」), 뒷골목의 막걸리집은 그 자리를 헐고 새로 들어선 '고층 건물'과 대립한다(「막걸리북」).

최영철의 시에 등장하는 모텔과 호텔, 비싼 아파트와 고층빌딩 등은 자본의 물화된 형태이다. 이와 같은 도시 공간은 발기한 남성의 그것처럼 일상에 포진한 무제한의 욕망, 무의식의 영역까지 스며든 욕망의 분화를 암시한다. 분화된 욕망은 결핍에 대한 단일한 부정, 예를 들어 굶주린 자가 밥에 대해 갖는 구체적인 관심과 다르다. "잘 사는 자본의 나라"의 발기한 욕망은 "카드깡 문자메시지 원조교제 빠찡꼬 비밀 댄스홀 〔……〕 부부스와핑"으로 충족된다(「비전향 사십 년」). 베트남의 과거와 현재가 어떻든 호프집 '굿모닝 베트남'이라는 기표를 양심의 가책없이 소비할 수 있는 것처럼(「굿모닝 베트남」), 브랜드와 결합할 수 있다면 민족을 가로지르는 철조망, "저 곪아터진 반세기의 원한"조차 "대한민국 파주시장의 진품 보증 도장"이 찍혀 소비가능한 상품이 된다(「철조망 장사」). 그러니 "새로 문을 연 동물원"을 구경하듯 팝콘을 씹으며 "발꿈치를 드는 남의 사내"에게 "북의 처녀"는 천박한 호기심의 대상일 뿐이다(「다시 다대항」).

타인의 고통조차 구경거리로 전락한다면, 도시의 일상 공간은 자본주의 욕망체계에 철저하게 장악된, 자본의 식민지와 다를 바 없다. 모든 가치를 물화하는 자본의 식민지에서 인간의 사회적 관계는 파편화와 소외로 특징된다. 소외된 인간은 오로지 자신에게만 관여할 뿐이므로, 자본주의 일상에 젖은 몸은 비만해지지 않을 수 없다. 말하자면 인간의 몸은 "무언가에 젖어 있어서 곧 썩어버릴 것"
(「대변항에서」)이 된다. 비만한 몸은 헬스클럽에서 "주먹
쥐고 이 앙다물고/러닝머신의 속도를 올리"지만(「어느 날
나도 운동권이 되어」), 그 또한 자신에게만 연루되는 행위
라는 점에서 고립과 단절은 피하기 어렵다.

최영철의 시에서 뒷골목 막걸리집, 무허가 하꼬방, 골
조를 드러낸 여인숙 등은 자본에 의해 장악되지 않은 공간
처럼 보인다. 물론 하꼬방/비싼 아파트, 막걸리집/고층빌
딩, 낡은 여인숙/호텔의 차이는 거주지역이나 직업과 수
입, 노동력 등을 공간적으로 불평등하게 분배한 결과이
고, 자본이 이런 불평등을 자양분으로 하는 것도 분명하
다. 그러나 이들 주변부 공간은 자본에 의해 규격화되지
않은 삶의 흔적을 새기고 있다. 허름한 여인숙이 "실연의
상처"를 품고 있듯이, 전자본주의적인 이들 공간은 생의
독특한 경험과 사건을 기억하고 그 의미가 판독되기를 기
다린다. 이런 의미에서, 최영철 시인에게 공간들의 차이
는 현실을 인식하고 의미를 발견하는 극점이다.

　코딱지만 한 단칸방 가득 피어나던
　따습던 저녁이 없다
　오랜만에 걸어보는 길
　희미한 외등만이 비추는 철거지는
　여남은 집 어깨 나란히 하고 오순도순 살던 곳

쌀 한 됫박 연탄 한 장 빌리러 갚으러 가서
절절 끓는 아랫목에 발 집어넣던 곳
한글 막 깨친 아이 하나
밥상 위에 턱 괴고 앉아 소리 높여 글 읽던 곳
희미한 외등 따라 내 그림자 길게 늘어져
고단한 생의 흔적이 말끔하게 지워진 길
한 발 두 발 내 구두 소리만 흥얼댄다

—「철거지를 지나며」 부분

일가족이 칼잠을 자는 단칸방이고 "쌀 한 됫박 연탄 한 장"을 빌려야 하는 "고단한 생"이었지만, 서로 "어깨를 나란히 하고 오순도순 살던" 거기엔 "따습던 저녁"이 있었다. 이런 전자본주의 공간은 분화된 욕망에 장악된 도시 공간과 다른 기호체계를 갖는 것처럼 보인다. 함께 막걸리를 마시며 "不穩했으나 不溫하지는 않았던"(「막걸리북」) 것처럼, 그 기호는 공동체적 유대이다. 단칸방은 비만한 몸이 아니라 남루하고 왜소한 몸들이 온기를 나누고 허기진 이웃의 언 발을 허용하는 공동의 장소인 것이다.

공동체적 인간관계에 대한 관심은 거리에서 이루어지는 행위와 관계로 이어진다. 집 근처 노점이나 구멍가게와 수퍼(「본전 생각」「그 집 앞」), 시장통에 펼친 난전(「어느 날의 횡재」), 좌판을 벌린 노점(「얼음 호수」) 등이 그러한 장소인데, 이들 노점과 난전의 거래 당사자는 물건을 만

저보며 흥정할 수 있다. 그곳은 "헬스클럽 강사의 편잔"에 속도를 강요받는 장소가 아니라, 삶의 속도를 주체적으로 결정하는 자발적 공간이다. 이런 점에서, 거리의 노점은 정찰이 부여된 고층의 백화점이나 엄청난 상품을 쌓아놓은 대형마트와 다르다. 고액의 상품을 진열한 백화점이 단지 눈요기의 장소에 지나지 않는다면, 노점이나 난전은 추억의 장소가 된다. 사람 사이의 물리적 관계에 근거한 거리의 행위인 까닭이다.

3. 죽음, 보편성과 개별성

고단한 생의 흔적도 말끔하게 지워버리듯, 도시 속에서 자발적인 공간에 대한 개인의 영향력은 갈수록 약화될 것이다. 그런데 자본주의 도시화는 단칸방 하꼬방을 아파트와 고층빌딩으로 대체하는 과정인 까닭에, 공간들의 차이는 그 차이에 스며든 역사적 과정, 즉 시간의 차이에 대한 지각을 예민하게 만든다. 그래서 최영철의 시는 그때와 지금 사이의 낙차를 여러모로 강조한다. 부귀영화도 내 것이 아니라고 돌아섰던 '그때'(「그때」), '뜨거웠던 한 시절'(「연탄」), 불덩이 같은 사랑(「불놀이」)이 있었지만 이제 그 모든 것들은 "벌써 희미해진 옛 생각"(「어느 날 나도 운동권이 되어」)이 되었다는 것이다. 이런 맥락에서, 시간

의식은 시인을 역사 속으로 끌어들이고, 이로써 부르주아 가치를 내면화한 비만한 몸과 일상을 반성하게 만든다.

이번 시집에서 특히 주목할 만한 것은 시간의 차이를 통해 죽음에 대한 성찰을 끌어낸 점이다. 죽음은 인간의 실존에 대한 시간의 엄정한 표시이다. 다른 생명을 죽일 수는 있으나 죽음 자체를 제거할 수 없는 것처럼, 죽음은 모든 존재의 보편적 본질이 아니겠는가. 죽음에 관한 한, 가진 자와 못 가진 자의 몫이 다를 수 없고, 승속이 따로 있을 수 없다. 그래서 죽음은 고통스러운 것이라기보다 존재의 본원으로 회귀하는 일처럼 보인다. "그만 저 건너 세상 가려고 단장을 끝낸" "휘파람 향기 몇 모금"(「매향」) 혹은 가볍게 문턱 하나를 넘듯이 "이승에서 저승으로 자리를 옮기신" 노스님의 열반(「통도사 땡감 하나」)이 그러하듯, 죽음은 적멸, 번뇌의 경계를 떠난 무위적정의 경지에 이르는 것이 아닌가.

그러나 죽음은 누구에게나 공평하다는 사실이 남루한 생을 위로하는 것은 아니다. "누구나 한 번은 저렇게 푸른 날"이 있지만 "머지않아 잎 버리고 꽃도 버려야 할 날"을 피할 수 없으리라 하면서도 산문(山門)을 두고 앳된 소녀와 갈라선 사내가 일상의 삶을 향해 마음의 여진을 남기듯이(「선운사 가는 길」), 시인은 되물릴 수 없기 때문에 더욱 뼈저린 어떤 죽음에 깊은 연민을 드러낸다. 이번 시집의 표제작이기도 한 「호루라기」에서 그 일단을 엿볼 수 있다.

아이들 뜀박질이 앞장서고 우렁찬 구령이 뒤따르고

호룩호룩 추임새에 펑펑 터지던 환호성들

호루라기 이제 싱그러운 가슴팍이 아니라

늙고 병든 저 할머니 머리맡에 걸려 있네

좋은 시절 다 보낸 빈털터리

할아버지 발치에 놓여 있네

[……]

호루라기 이제 설레는 아이들의 가슴에 있지 않고

무허가 냉방 빗물 떨어지는 비닐 하꼬방에 있네

자식 가고 영감 할멈 먼저 가고 덩그러니 남은

한많은 세월의 대못 자리 위

사지를 늘어뜨리고 있네   ─「호루라기」 부분

인간이 시간을 지배할 수는 없는 법이다. 한때 "싱그러운 가슴"을 지녔던 '아이,' 청운의 꿈을 품었던 '시퍼런 청춘'은 세상을 향해 달려 나갔을 것이다. 그러나 생물학적 과정을 거역할 수 없듯이, 이제 늙고 병들어 누운 그들은 죽음을 피할 길이 없다. 죽음의 보편성이라는 점에서 그들 또한 예외일 수 없으며, 삶을 산술적으로 계량한다 해도 그들에게 특별히 여한이 남을 것 같지 않다.

그렇다면 시인이 이들 노인의 죽음에 특별히 관심을 보이는 이유는 무엇인가? 아마 이들 노부부 혹은 독거노인

은 자식을 앞세운 불행을 겪었고, 돌보아주는 이 없는 '무허가 냉방'이나 '비닐 하꼬방'에서 외롭고 고단한 삶을 이어가다 마지막 숨을 거두었을 것이다. '좋은 시절'의 호루라기가 생을 향한 열망의 상관물이었다면, 늙고 병든 그들의 머리맡에 놓인 호루라기는 세상을 향해 도움을 요청하는 신호였을 것이다. 대못 자리 위에 걸려 있다 하므로, 아마 이들 노인의 마지막 구조신호는 세상에 닿지 못했을 것이며, 이들의 죽음은 세상으로부터 버림받은 죽음이 되었을 터이다. 그렇기 때문에, 시인은 주변부 인간의 '한많은 세월'을 차마 죽음의 보편성이라는 말로 장식할 수 없었을 것이다.

때가 되면 누구나 죽음이라는 큰 질서에 포섭되지만, 동시에 죽음은 존재의 개별적 현상이고 유일무이한 사건이다. 어떤 죽음에 대해서도 특별한 시선을 보낼 이유가 없다면, 지금 여기의 삶은 헛것이라고 왜곡할 가능성이 있다. 더구나 죽음의 시선으로 생을 본다면, 살아남은 자의 책임이란 한갓된 관념에 불과할 것이다. 그렇기 때문에, 시인은 생의 종국은 허망하다며 형이상학적 초월을 시도하지 않는다. 또 한스러운 것이 인생이므로 잘 먹고 잘사는 게 생에 대한 복수라고 여기지 않는다. 시간의 차이를 인식함으로써 그는 남루한 생을 살다 버림받은 죽음에 대해 책임과 고통을 느끼며, 이를 통해 그들과 내면적 유대를 형성한다. 짝을 잃은 짐승(「늦봄에 쓰는 편지」)이

나 죽은 남편의 산소에서 눈물을 훔치는 여인(「부부」)에
게 되물릴 수 없는 죽음은 상처가 되지만, 그 고통만이 지
속적인 사랑을 가능하게 만드는 것과 같은 이치이다.

4. 타자의 시선, 윤리적 저항

버림받은 죽음을 아무리 슬퍼해도, 우리는 타인의 죽음
을 자기화하거나 그 죽음에 대해 영향력을 행사할 수 없
다. 따라서 시인이 보여준 내면적 유대란 타자를 자신과
동일시하거나 동일자적 시선 속으로 포섭하는 일이 아니
다. 액면대로 동일시가 이루어진다면, 시인이 타자의 삶
에 비애를 느낄 이유가 없다. 동일자로 환원되었음에도
비애를 느낀다면, 이는 자기 자신에 대한 부당한 연민과
다를 바 없다. 오히려 시인 자신과 다르기 때문에, 그는
고통받는 타자와 내적 연관을 맺지 않을 수 없다.

두 다리 잘린 소녀
웃는 건지 우는 건지
점령군이 던진 빵 조각을 씹고 있다
—「소름 돋는 봄」 부분

점령군의 포탄에 다리를 잃은 소녀가 점령군이 던진 빵

을 먹고 있다는 역설적 상황, 그래서 "웃는 건지 우는 건지" 알 수 없는 소녀의 모호한 표정이 시인을 고통스럽게 만든다. 여기서 이방인 소녀의 표정은 화자에게 다리의 부재에 대해, 부재의 원인에 대해 사유할 것을 강요하는 시선이라 해도 좋다. 사유를 강요하는 이방인의 시선은 대상을 구경거리로 삼는 동일자적 주체성에 대항한다.

또 자신의 시 창작 수업을 듣는 베트남 학생에게 "내가 알아들을 수 없는 너희 모국어로 말"(「굿모닝 베트남」)하라고 할 때, 화자는 자신의 언어로 이해할 수 없는 이방인의 목소리를 듣는다. 언어라는 상징체계가 대상을 주체에 동화하는 도구라고 보면, 화자의 어법에 포섭되지 않는 타자의 목소리가 시인의 고통을 강화한다고 할 수 있다.

낯선 자의 시선이나 목소리는 특정 신체기관과 관련된 문제가 아니다. 「내일 또 내일」에서 화자는 불구의 몸으로 시장 바닥을 기며 동냥하는 사내를 만난다. "천천히 구워지는 산낙지처럼" 몸을 비트는 사내의 고통을 볼 때마다 화자는 몸서리치며 멈춰 설 수밖에 없다.

그의 죄는 하루 이틀에 불타 없어지거나 녹아 사라질 게
아니었다 그와 마주서야 하는 나의 형벌 역시
사나흘 얼어붙고 말 죄가 아니었다 얼기 전에 녹고
녹기 전에 얼어붙으면서 내일 또 내일도 계속될 것이었다
　　　　　　　　　　　　　　　　　—「내일 또 내일」 부분

"그와 마주서야 하는 나의 형벌"이라 할 때, 마주서기는 눈이 아니라 시선의 충돌이다. 제3시집의 표제로 삼은 「홀로 가는 맹인 악사」의 빈 동냥 그릇이 "슬프고 원통"한 것처럼, 시적 화자를 전율하게 만드는 것은 동냥하는 사내의 시선이다. 그 시선은 시인이 겪지 못한 세계, 그의 지각과 사유의 변두리로부터 온다. 그 변두리는 시인이 보거나 듣지 못한다고 해서 존재하지 않는 세계가 아니다. 동냥하는 사내가 겪고 있기 때문이다.

『차이와 타자』에서 서동욱이 정교한 논리로 설명하고 있듯이, 타자를 통해 내가 지각하지 못하는 세계, 비가시적인 잠재적 세계를 알게 됨을 들뢰즈는 '타자의 효과'라고 말한 바 있다. 우리의 이기심에 윤리적으로 저항하는 것도 타자의 시선이 갖는 효과일 것이다.

집 앞 구멍가게를 지나 신작로 수퍼를 지나 버스 한 정거장 걸어 마트에 간다 마트에 가는 나를 구멍가게 앞 고장난 오락기가 빤히 쳐다본다 수퍼 앞 널브러진 빈 병들이 쳐다본다 먼지를 뒤집어쓴 새우깡 칠성사이다 옥시크린 같은 것들이 고개를 빼고 쳐다본다 전포세라고 틀리게 써 붙여놓은 구멍가게와 신문절대사절이라고 써 붙여놓은 수퍼를 지나간다 마트에 가는 나를 대낮부터 깡소주를 마시고 있는 구멍가게 영감과 대낮부터 배가 불룩한 임신복의 수퍼 아줌마가

쳐다본다 우유 큰 거 한 병, 요구르트 세 줄, 열무 한 단,
오이 두 개, 양념불고기 육백 그램, 식빵 한 줄, 돈 남으면
먹고 싶은 거 조금, 먹고 싶은 거 조금…… 얼굴을 돌리고
먼 산을 보며 아내가 일러준 걸 중얼중얼 외우며 간다 먼 산
도 나를 빤히 쳐다보고 있어 고개를 수그리고 간다

—「그 집 앞」 전문

이전에 화자는 마트에서 구입하려는 품목을 동네의 구
멍가게나 수퍼에서 구입했을 것이다. 그런데 어느 날인가
부터 화자는 버스 한 정거장을 걸어 마트로 간다. 대형매
장을 갖춘 마트는 소비자에게 신선하고 다양하며 값싼 유
기농산물을 입맛대로 선택할 수 있다고 유혹했을 터이다.
그런데 마트로 가면서 시인은 자신의 뒤통수를 향한 이웃
의 시선을 느낀다. 특히 허름하고 고장난 사물, 무력하고
남루한 이웃이라는 점에서, 그들의 시선은 화자를 부끄럽
게 만든다. 더구나 마트에 가는 이유가 "먹고 싶은 거 조
금" 더 즐길 수 있기 때문이라면, 화자의 향유는 초라한
이웃의 희생을 기반으로 하는 셈이다. 타자의 죽음조차
즐기려는 것이 바로 비만한 몸의 탐욕이다. 그렇기 때문
에, 보신원에 끌려가는 개로부터 "너도 보신원에 가는 길
이냐"는 시선을 느끼고 "얼른 얼굴을 돌려버"리지 않을 수
없다(「개들」).

육체를 가진 존재인 한, 화자는 이방인 소녀나 동냥 사

내, 남루한 이웃의 시선을 피할 수 없을 것이다. 따라서 화자가 겪는 형벌 또한 쉽사리 끝나지 않을 것이다. 비유적으로 말해, 강도를 만난 것은 시인이 아닌 까닭에, 이기적인 존재가 될 것인가 아니면 착한 사마리아인이 될 것인가의 갈림에서 그는 고통스럽지 않겠는가.

5. 밥, 생명, 존재의 연관

대형마트가 소비자 개인의 심리적 요구, 주관적 선택을 강조하듯이, 오늘날 선택과 취향의 관념이 필요의 관념을 대체한다. 리오타르가 그의 저서 『포스트모던 조건』에 '지식에 관한 보고서'라는 부제를 달고 있거니와, 이제 상품의 가치는 인간의 노동이 아니라 지식, 그것도 시장에서 가장 효율적으로 상품을 선택할 수 있는 정보에 있다. 더구나 소비자의 선택 행위가 마케팅 기술에 의해 전략적으로 관리된다고 보면, 밥과 그것을 생산한 몸은 더 이상 소비자 개인의 의식을 자극할 수 없을 것이다.

역설적으로 바로 이런 사정 때문에, 자본주의 도시에서 시인은 밥과 그것에 뒤섞인 노동의 가치를 고집한다. "나 날의 생"은 밥을 먹기 위해 "시뻘건 피"를 흘리며 치르는 '전투'(「밥상이 있는 오후」)라고 하거니와, 육체를 통해 생의 진실에 육박하려는 시인은 결핍에 저항하는 구체적인 욕망, 굶주린 몸을 주목한다. "텅 빈 저 아이 속"(「밥」)을 덥히려는 가장이 감상에 빠진다거나 일상을 경멸할 수 없을 것이다. 칼바람이 휘몰아치는 한겨울의 노점상에게 "줄줄이 딸린 식솔들의 배고픈 손이 후끈한 보약"(「얼음 호수」)이 아니겠는가. 그래서 시인은 자신이 생활인으로서 성공적이지 않다는 혐의에 자괴심을 느끼며 노점상의 후끈한 삶을 자신을 일깨우는 채찍으로 삼는다(「마당구치소」「자동납부 너」「여섯 시」).

물론 나날의 생이 먹고 살기 위한 싸움이라는 데 강잉한 마음이 없지 않다. 제7시집의 「노숙 공원」에서도 "먹고 사는 일의 고단한 치욕"을 토로한 것처럼, 허기진 몸을 노동의 시간으로, '상어 아가리'로 들이밀 수밖에 없는 아침은 밤의 평화를 파괴하고(「그 시각」), "지난밤 공들여 써놓은 시"를 무용지물로 만든다(「빗소리」). 그래서 시인은 일상이라는 냉동 감옥으로부터의 '탈옥'(「냉동 창고」)을 꿈꾸기도 한다.

최영철 시인에게 밥 혹은 쌀은 취향과 선택의 문제가 아니라 생명의 근원에 대한 성찰의 문제이다. 그 성찰에 따르면, 더럽다고 여겨진 배설물도 다시 밥을 만들어내는 자연의 순환과정에 놓인다. 배설물은 "고향 들녘의 밑거름"이 되어 "곡식들이 춤추며 받아먹을 것"(「입」)이고, 그 곡식을 사람이 받아먹는다는 것이다. 농촌생활과 정서에 기반을 두었을 이 같은 발상이 도시문명의 반생태성을 비판하게 됨은 필연일 것이다.

드넓은 김해평야에서 잘 자란 모 한 판
집 옥상에 옮겨 심어놓고
욕심이 과했던가 보다
아침마다 물 대고 쓰다듬고 말을 붙이는데
벼는 가을이 오기도 전에 비실비실 말라가고 있었다
그 가녀린 벼에 무슨 힘이 있다고
제 몸 하나 버티기도 힘든 놈 모가지에 매달려
나는 마구 무엇인가를 애원하고 있었던가 보다
어서어서 커서 쑥쑥 밥이 되어 걸어나가라고
늦은 봄에서 여름까지 줄기차게 물 대고 말 시킨 죄
날마다 쇳덩어리 하나씩 가슴에 안긴 꼴이었을까
도시의 찌든 어둠과 불빛을 비료로 받아먹고
벼는 가을이 오기도 전에 하얗게 머리가 세고 있었다
　　　　　　　　　　　　　　　　─「이른 가을의 수습」 부분

　여기서 화자가 직면하고 있는 문제는 "도시의 찌든 어둠과 불빛"이다. 농촌을 떠나 도시로 이주한 화자의 오랜 '가슴앓이'는 생명의 본질을 왜곡하는 도시문명의 피로, 도시의 흉년을 드러낸다. 각 시대의 도구와 기술에 그 시대의 존재 이해가 반영된다는 지적처럼, 다채로운 삶의 흔적을 없애고 경관을 규격화하는 도시, 죽을힘을 다해 러닝머신의 속도에 적응해야 하는 비만한 일상, 그리고 "검은 매연" "빌딩숲 민둥산 포크레인 행렬"(「고래야 고래야」) 속에서 우리는 생명에 대한 존엄성을 잃어버렸다.

그런데 흥미로운 것은 시인의 모 키우기가 전근대적인 농법에 가깝다는 점이다. 시인은 "아침마다 물 대고 쓰다듬고 말을 붙이"며, '밥'이 되어 달라고 '애원'한다. 배설물을 고향 들녘의 밑거름으로 삼고 싶다는 시인에게 농사는 농약을 퍼부어 생산량을 강화하는 일이 아니라 생명을 키우고 돌보는 일이다. 전근대적 농법에 따르면 대지는 어머니의 젖과 같다. 어머니 대지에게 에너지를 내어놓으라고 강요할 수 없는 것처럼, 전근대적인 농사는 자연을 닦달하지 않는다. 자연은 에너지를 얻어낼 자원의 보고가 아니라 난데없는 '횡재'를 안겨주는 존재이다(「어느 날의 횡재」). 그래서 시인은 "흙의 노고" "해와 비와 바람의 노고"가 호박씨를 키웠다(「본전 생각」)고 말한다. 그러니 밥을 만드는 일은 싹이 트고 열매가 맺히는 것을 겸손하게 바라보는 일과 같다. 해바라기씨가 응달에 "잘못 내려앉더라도 "철통 같은 그늘을 다 밀어낸 뒤/제자리로 돌아가며"(「해바라기」) 꽃 피우듯이, 우리는 자연을 그것이 존재하는 방식 그대로, 즉 자연을 무리하게 인간 의지에 복속시키는 것이 아니라 자연이 자신의 본질을 발현하도록 도와야 한다는 것이다.

생명의 흉년이 든 도시를 향해 시인은 인간이 주인이라

는 오만한 생각을 버리고 겸손하게 사물의 시선을 받으며, 나아가 자연의 울림에 귀를 기울이라고 말한다. 그러할 때, 나무의 기척(「도둑나무」), 나에게 말을 거는 나무의 목소리(「겨울나기」)를 들을 수 있고, 심지어 온갖 벌레들의 "외치는 소리"(「만추」), "잔뜩 겁에 질려 있던 꽃"의 비명(「5월의 결사항쟁」)까지 듣는 경이를 경험할 수 있다. 자기 밖의 존재와 내적 관계를 맺고 그들의 목소리에 귀를 기울이는 능력은 비만한 몸의 자기집중, 곧 유아론을 극복하는 중요한 힘이 아닌가.

6. 여성적인 것, 희망의 희망

생명 욕구를 지닌 인간이 유아론적 이기심을 초월하기란 쉽지 않다. 최영철의 시에서 높은 내공을 쌓은 고수는 여성, 어머니와 아내이다. 어머니와 아내는 타자를 위한 몸의 가능성을 최대치로 실현하는 존재들이다.

> 콩콩콩 도마 찧는 소리에 깼다
> [······]
> 깨어난 나와 예수를 만지고 살아난 도마와
> 도마를 콩콩콩 찧으며 부활한 예수가 맵고 후끈해졌다
> 도마를 훌쩍 뛰어넘어 사마리아 땅 끝까지 걸어간

혼곤한 꿈이 도마에 머리를 쥐어박고 있다 어머니는
콩콩콩 도마를 찧고 도마성당의 찬송은
무수한 칼집을 내며 아침을 난도질한다 도마성당이
찧어놓은 마늘이, 한 홉 소주잔에서 넘쳐흐른 머리통이
무수한 칼집을 내며 도마 위에 흥건하다
　　　　　　　　　　　—「도마 위의 생」 부분

　잠을 깨우는 도마 소리, 도마성당 종소리로 하루의 삶
이 시작되므로 생은 도마 위에 있다고 할 만하다. 예수의
옆구리를 만져보고서야 부활을 믿었던 도마Thomas가 구
체적·감각적인 삶을 암시하듯, 아침을 마련하는 어머니
의 도마는 일상적·세속적 삶과 연관된다. 어머니가 만든
음식은 삶의 육체성을 환기하면서 관념과 몽상, 회의와
죽음을 부정한다. "도마를 훌쩍 뛰어넘어 사마리아 땅 끝
까지 걸어간/혼곤한 꿈"이란 먹고 마셔야 살 수 있는 존
재에 대해 불법적인 성격을 띠거나, 맵고 후끈한 삶에 비
해 추상적인 관념에 불과할 것이다.
　어머니 혹은 아내는 일상성을 대표한다. 일상을 살아가
는 일은 냄새나는 세상의 시궁창을 건너는 일과 다를 바
없다. 그러나 "양수로 가득 찬 어머니의 아랫배"가 암시
하듯(「지붕」), 여성은 생명을 잉태하고 어린 자식을 양육
한다. 그러니 죽어 널브러진 새끼 옆에서 소리를 내어가
며 먹이를 먹는 어미 고양이처럼, 어머니야말로 지독하게

착한 사마리아인이 아니겠는가.

> 참으로 모진 어미였습니다. 그렇지만, 남은 다섯 새끼들
> 이 피가 나도록 젖을 빨아댈 것이므로 어미는 무엇이든 먹
> 어두어야 했을 것입니다. 어떻게든 기운을 차려두어야 했을
> 것입니다. 우리 어머니의 어머니들이 그랬듯이.
>
> —「늦봄에 쓰는 편지」 부분

남은 새끼를 위해 먹이를 씹는 어미처럼, "산에서 내려
온 자식"을 마루 아래에 숨겨두고 모질게 입술을 앙다물
었던 어머니(「어머니 연잎」)의 모성은 생물학적 본능이라
이해될 수도 있다. 그러나 그 모성본능이 어린것을 먹이
고 약자를 보호하는 것이라면, 윤리는 본능으로부터 유래
한다고 말해도 좋을 터이다.

물론 낮은 곳과 어린것을 향하는 모성은 어머니를 모질
고 독한 괴물로 만든다거나, 여성의 몸을 남성 욕망을 충
족시킬 장소로 고립시킨다고 비판할 수 있다. 그러나 최
영철의 시는 남성의 욕망과 그 선조성에 대해 매우 비판적
이다. "한 번 발사된 정충은 돌아가지 않"고 기어코 소녀
의 "살과 피와 비명"을 받아낸다(「재의 요새」). 직선적인
남성욕망은 미숙아, 기형아, 사생아를 유기(「우리 이대로
지지고 볶으며」)하게 만들거나, "서른아홉 마흔아홉 쉰아
홉" 아빠가 "열여덟 엄마"로 하여금 영아를 살해(「하교」)

146

하게 만든다.

영아 살해라는 경악할 만한 사건은 남성 중심적 세계의 무서움과 잔인함을 환기한다. 이처럼 무섭고 비정한 세계에서 아이를 낳고 먹이는 노역은 현실 속에서 미래의 등가물을 발견하는 일과 다르지 않다. 레비나스의 지적처럼, 아이의 시간은 미래의 시간인 까닭이다.

이런 맥락에서, 최영철 시인은 자기희생, 자기부정만이 이 탐욕스런 세상의 시궁창을 건널 희망이라고 말하지 않는가.

나는 비록 꽃이 아니어도 좋으니 나를 견딘 매화나무 기다림이 욕되지 않게 해달라 빌었습니다 나는 비록 새가 아니어도 좋으니 나를 잃고 먼 하늘을 헤맨 소쩍새의 소망이 헛되지 않게 해달라 빌었습니다 나는 비록 밥이 아니어도 좋으니 나를 찾아 온 눈밭을 들쑤신 살쾡이의 배고픔이 슬프지 않게 해달라 빌었습니다 나는 천근만근이어도 좋으니 내 안의 무게에 저것들이 떠메고온 짐 다 얹어달라 빌었습니다 내 안에 숨긴 고운 꽃다발 풀어 저것들의 길 위에 뿌려달라 빌었습니다 오래 더 오래 저것들의 등을 어루만질 수 있게 남은 두 손 잘게잘게 부수어달라 빌었습니다
—「바람의 노래」 전문

바람으로 표상된 화자는 존재의 물질성을 지닐 수 없다.

그래서 바람은 무엇이 "아니어도 좋"다는 자기부정이다. 이 자기부정은 타자의 기다림, 소망, 배고픔 등 모든 노역을 감당하려는 태도이다. 타자를 위한 헌신은 꽃을 뿌려달라는 산화(散花)에서 극치에 이른다. 자기희생이 이러한 경지라면, 화자가 타자와 상호적 관계에 있다고 볼 수 없다. 제5시집의 「엉겅퀴」에서 "나 하나 내가 아니면," "나 하나 볼품없으니 그대 아름답지요" "나 하나 눈물 솟으니 그대 웃지요"라고 한 것처럼, 화자와 타자는 비대칭적·비상호적 관계에 있다. 그러니까 화자는 타자를 자신보다 높은 곳에 두고 받들고 있는 셈이다. 과연 시인은 "누구나 바라보고 있을 동녘은 버리고/햇볕 잘 들지 않는 북서쪽을 향해 두 손 받들고 있는 중"(「오늘의 백팔 배」)이라 하였다.

환하게 솟아오르는 것보다 바닥을 기고 배고픈 미물들을 받들어 섬기는 이유는 그들이 희망인 까닭이다. 희망이란 말 그대로 무엇인가를 향하여 우러러보는 것이 아닌가.

고개 쳐들지 않고 순하게 구부러진
저 길이 희망이다
못나고 허접한 것들 불러 모아
높이 모나게 솟지 않고
낮고 둥글게 어깨 낀
저 산이 희망이다

질풍노도로 우쭐대지 않고
가만가만 땅의 마른 입술 적시는
저 강이 희망이다   —「서해에서」 부분

　최영철의 시에서 눈부시고 우뚝하고 출렁이는 것은 그 늘진 아래에 놓인 순한 것을 짓밟는다. 빛나는 것들은 그 눈부심으로 폭력, 억압, 위반을 숨기고 있을 뿐이다. 그래서 고통 받는 타자들이 일상적인 지각의 변두리에 놓인 것처럼, 못나고 허접한 것들은 빛의 이면에 있다. 일출이 아니라 일몰로 가는 이유가 여기에 있을 것이다.

　최영철의 이번 시집은 새벽에서 저녁으로, 일출에서 일몰로, 동해에서 서해로, 세속에서 산문으로, 여기에서 거기로 시공간적 이행을 드러낸다. 빛에 대해 저항적이라 할 이런 이동으로부터 시인은 자기구원의 단서를 발견한 듯하다. 느리고 굽은 것, 낮고 순한 것을 자신이 숨쉴 '희망'으로 여기기 때문이다. 또한, 못나고 허접한 것들을 받들고 섬기는 시인의 두 손이 참 희망이 아닌가, 병들고 상심한 세계를 떠받치고 있으니 그의 시야말로 희망이 아닌가, 세상의 미친 욕망에 맞선 버마재비를 어리석다고 비웃지 않는다면. ▨